어이쿠, 오늘도 행복했네

어이쿠, 오늘도 망해버렸도

제 걱정은 안 하셔도 돼요

이정수

b.read

어떻게 매일 행복할 수 있어요?

6년 동안 매일 블로그에 일기처럼 일상을 적어 올렸다. 자는 시간을 제외한 모든 시간을 자세히 쓰고 사진도 함께 업로드했다. '굳이 이런 이야기까지?' 싶은 것도 열심히 써서 올렸다. 그런데 그 글들과 내 모습이 행복한 순간의 연속이었다. 일부러 행복해 보이려고 쓴 게 아니었다. 되돌아보니 우리 가족의 일상, 내 생활이 늘 행복했던 거다. 사람들이 궁금해했다.

"어떻게 매일 행복할 수 있어요?"

나는 대단한 사람이 아니다. 특별히 행복한 조건을 타고나지도 않았다. 어린 시절 우리 집은 화목하지 않았다. 현재 내 소유의 집도 없다. 남들과 비슷하게 산다. 이런 내가 매일 행복한 이유가 무엇일까? 이 질문을 자꾸 받다 보니 나도 궁금했다. '나는 왜 매일 행복하지?' 그 이유를 구체적으로 써보기로 했다. 하나하나 적다 보니 행복한 이유가 너무 많았다. '이거 책 한 권 되겠는데?!' 그렇게 해서 책도 내게 되었다.

이 글은 10개월 된 둘째 로이가 잠깐 낮잠을 자는 시간(역시 아기는 잘 때 제일 예쁘다!)에 바쁘게 쓰고 있지만, 이 순간마저도 감사하고 행복하다. 아이가 자고 있어 글을 쓸 수 있으니 얼마나 행복한가.

이 책에 실은 이야기들은 내가 행복해지기 위해 했던 행동과 생각을 글로 옮긴 것이다. 독자의 마음속에도 스스로 행복해지는 '행복자가발전소'가 세워지기를 기원한다.

2022년 1월

이정수

CONTENTS

CHAPTER 1

행복한 게 뭐 어때서

CHAPTER 2

꿈을 크게 가져야 성공도 크다

CHAPTER 3

나 때문에 산다

CHAPTER 1

행복한 게 뭐 어때서

행복하고 웃긴 글만 올린다

어느 순간부터 SNS(Social Network Service)는 현대인의 또 다른 사회생활이 되었다. 이곳에는 이유 없이 타인을 저격하는 사람, 공감을 갈구하는 사람, 시도 때도 없이 한탄을 늘어놓는 사람이 있는가 하면 이것으로 돈을 버는 사람도 많다. 이로 인한 스트레스도 상당하다. 내가 생각하는 SNS는 'Social Network Stress'다. 스스로 만들어서 받는 스트레스라고 해야 할까? 그렇다면 안 하면 되는데, 그러기는 또 쉽지 않다. 그래서 나는 행복한 글과 웃기는 글만 올리는 중이다. '우아~ 행복하다!' '웃긴다! 끝!' 'ㅎㅎㅎㅎ 우아!' 내가 쓴 글로 인해 생길 수 있는 오해와 문제를 최소화하고 싶어서다. 논란을 만들어 스트레스를 받기 싫으니 말이다. 하지만 이렇게 신경 써서 글을 올려도 때때로 트집 잡는 댓글이 달리곤 한다. 그럴 땐 그냥 '넹. ㅎㅎㅎ'라고 답하곤 한다. 이런 표현이 보기보다 효과적일 때도 있다. '넹'으로 끝나면 뭔가 탁 잘라서 '됐다!'고 하는 것 같아서 '되기는 뭐가 돼?!'라며 물고 늘어질 수도 있지만 웃는 얼굴에 침 못 뱉는다고, 'ㅎㅎㅎ'로 마무리하면 더 이상 논쟁하지 말자는 뜻을 전할 수 있다.

즐거운 상태를 유지한다

우울한 걸 좋아하지 않는다. 그래서 관객을 작정하고 울리려고 만든 영화는 웬만해선 보지 않는다. 비 오는 날, 우울한 노래는 두 곡 이상 듣지 않는다. 기분이 가라앉는 게 싫어서다.

개그맨의 성향이기도 하지만 감정의 '관성' 때문에 더 노력한다. 모든 행동과 감정에는 관성이 있어서 우울감도 한번 일기 시작하면 서서히 차올라 이내 내가 잠겨버리고 만다. 그 감정에 끝없이 빠져드는 게 싫다. 살다 보면 나 자신도 어쩔 수 없는 우울감이 생겨나기도 한다. 그래서 더욱 우울한 상황에 놓이는 걸 피하고 싶다.

나처럼 밝은 사람들은 조금만 표정이 어두워지면 다음과 같은 질문을 받곤 한다. "왜 그래? 무슨 일 있어? 너 같지 않은데?" 아무 일도 없고, 어떤 날은 그냥 그럴 수도 있는데 말이다. 이걸 설명하는 것도 귀찮은 일이다. "나다운 게 뭔데? 날 그렇게 잘 알아?" 따져 묻는 것도 귀찮다. 그래서 차라리 가능한 한 즐거운 상태를 유지하려고 노력한다. 그러다 보니 삶이 더 즐거워진다.

하지만 때로는 이런 습관이 방송에서 불리하게 작용할 때도 있다. 크게 보면 방송은 남을 웃기거나 남을 울리거나 둘 중 하나다. 개그맨의 경우 남을 웃기는 프로그램을 많이 선택한다. 반면, 나는 교양 프로그램을 많이 하고 있어서 타인을 울려야 하는 프로그램에도 종종 나가게 된다. 그중 최고로 진지한 CBS의 〈새롭게 하소서〉를 진행하다 자주 시험에 든다. 진지하고 감동적인 말씀 중에도 웃기고 싶은 '본능'이 들썩들썩하니 말이다. 그저 경력이 있는 내가 눈치껏 잘 참는 수밖에.(웃음)

모자라서 다행이야

'나는 왜 재벌 2세로 태어나지 못했을까?' '왜 소고기는 마트에서만 사 먹어야 하는 걸까?' '왜 외식은 항상 중국 음식이나 돼지갈비여야 할까?' 어린 시절 넉넉지 않은 가정 형편 때문에 가진 불만이었다. 그러나 덕분에 빨리 성공해야겠다는 목표가 생겼다. 나는 운동신경이란 게 과연 있기는 한 것인지 의문이 들 정도로 운동을 못한다. 그래서 사회인 야구를 15년째 하고 있지만 늘 더그아웃(야구장 선수 대기석)을 지키고 있다. 하지만 그 덕분에 단 한 번도 크게 다친 적이 없다. 야구를 하다 보면 골절, 근육 파열, 뇌진탕, 치아 손상 등 부상을 많이 입을 수 있는데, 그런 일은 전혀 일어나지 않았다. 운동신경이 없는 것을 잘 알고 있어서 이기기 위해 무리하지 않으니 다칠 일도 적다. 어차피 운동 경기에서 늘 졌기 때문에 한 번 더 진다고 그리 슬플 일도 아니니 말이다.

게다가 부동산, 금융, 재테크도 문외한이다. 나뿐 아니라 꽤 많은 연예인이 이런 분야에 관심이 없거나 잘 모른다. 그런데 나보다 아내가 더 모른다. 어쩔 수 없이 내가 경제 공부를 시작했다. 가계부도 내가 쓴다. 덕분에 우리 집 식비가 상당하는 것을 알게 돼 지출을 신경 썼고, 식사 자리에서 더치페이를 종종 한다. 결혼 8년 차에 이사를 네 번 하고 나니 부동산 공부도 절로 됐다. 덕분에 이제는 경제에 대해 조금 알게 되었다. 집을 사야겠다는 의지도 불타올랐다. 아직은 속만 타고 있지만 없던 의지가 생긴 건 다행이라고 생각한다. 아무것도 모르던 때에 비해 여러 가지로 정말 잘되고 있다.

말이 데려다준다

"네가 그렇지!" "지 애비를 닮아서!" "살 수가 없다! 살 수가 없어!" "죽겠다 죽겠어!" "짜증 나!" "오늘 왜 이러냐?" "아휴~ 지긋지긋해!"

아… 글을 쓰고 있는 지금 이 순간에도 불행이 몰려오는 것만 같다. 이 말들은 내가 어릴 때 자주 들었던, 매일 듣다 보니 익숙해져서 언제부턴가 나도 사용하고 있던 말이다. 어느 날, 습관적으로 사용하는 말이 말 전체의 방향과 기분을 좌지우지한다는 걸 알게 되었다. 그 뒤로 나는 불행한 말은 가능한 한 입 밖으로 꺼내지 않기 위해 노력하고 있다.

"역시 난 운이 좋아!" "휴~ 다행이다!" "그럴 수 있어!" "원래 그래!" "좋았어!" "대박!" "그래서 뭐? 난 괜찮아!" "행복해! 사랑해! 고마워! 미안해!" "어쩔 수 없지, 뭐!"

나는 일상에서 이런 말을 말머리에 사용한다. 일단 이렇게 시작하고 나면 뒷말은 자연스럽게 좋은 쪽으로 하게 된다. 그리고 이렇게 내뱉은 행복의 말들이 나를 진짜 행복한 곳으로 데려다준다. 그렇게 우리 집은 행복한 말들로 가득한 마구간이 되는 것이다(아~ 언어유희 죽인다).

흑역사는 남기지 않는다

나는 기억력이 상당히 좋지 않다. 이게 장점인지 단점인지 모르겠지만, 이 또한 행복해지는 데는 도움이 된다. 예를 들어 6개월 동안 같이 공연한 사람들을 1년 후에 만났는데 이름이 기억도 안 나고 얼굴마저 가물가물했다. 안면 인식 장애인가 싶어 정신과에 가서 상담을 받기도 했다. 다행히 그 정도는 기억력이 나쁜 거지 걱정할 정도는 아니라고 했다. 머리가 나쁘다는 소리처럼 들려 조금 화가 났지만, 그런데도 잔머리가 잘 돌아가니 다행이라는 생각이 들었다. 기억력이 안 좋다 보니 과거의 일도 잘 잊는 편인데, 특히 나쁜 일을 잘 까먹는다. 살다 보면 누구나 흑역사를 남기기 마련이다. 정말 많은 흑역사를 남기는 사람도 있다. 바로 나다. 다행히도 난 이런 순간은 잘 기억하지 못한다. 물론 기억을 선별해서 저장하는 능력이 있는 건 아니지만 좋았던 기억만 주로 생각난다. 기본적으로 나는 과거에 매여 있는 일이 적다. 뒤돌아보고 아쉬워하고 되돌리고 싶은 감정이 현재 내 행복에 도움이 되지 않기 때문이다. 지금 내가 행복하기 위해서는 어떤 기억은 대충 잊는 게 나을 수도 있다. 나를 괴롭히는 흑역사를 굳이 머릿속에 남겨둘 필요는 없지 않을까.

좋게 생각하면 다 좋은 일

내 삶은 감사의 연속이다. 딸아이는 지금까지 크게 아픈 적이 없다. 나도, 아내도 건강한 편이다. 이렇게 우리 가족 모두가 건강한 게 제일 감사하다. 일상에서 감사한 일은 더 있다. 연예인은 소속사가 없으면 활동하기 쉽지 않다. 영업을 스스로 해야 하니 말이다. 내 경우에는 육아도 해야 하니 영업하러 다니기가 너무 어려웠다. 그런데 SNS가 나를 도왔다. SNS 덕분에 내 활동이 여기저기 소문 나서 매니저 없이도 일이 꽤 많아졌다. SNS가 발달한 것도 참 감사한 일이다. 반드시 싸움으로 끝나던 본가에서 보내는 명절이 요즘 조용히 마무리되는 것도 감사하다. 설거지를 하다가 유리컵이 바닥으로 떨어졌는데, 그 조각을 아이가 밟지 않은 것도 너무 감사한 일이다. 강연이 끝나고 피곤한 몸으로 집에 돌아왔는데, 빼곡한 주차장에 자리 하나가 남아 있는 것도, 집에서 문틈에 새끼발가락을 찧었는데 뼈가 부러지지 않은 것도 감사하다. 딸아이의 흔들리는 앞니를 치과에서 뺀 적이 있다. 그때 너무 무서웠는지 그날 이후 딸아이는 '치과' 소리만 나와도 난리를 피우곤 했다. 그런 딸의 아랫니가 밥을 먹다가 저절로 빠졌다. 치과에 가서 아이가 느꼈을 공포감을 생각하면 더욱 감사하다. 이제 감사는 습관이 되어버렸다. 작은 일에도 감사하다 보면 감사하지 않은 일이 없다. 좋게 생각하면 다 좋다.

안 좋은 일에 좋은 이유를 붙인다

사실 이 글들은 세상에 나오지 못할 뻔했다. 1차 원고를 완성하고 컴퓨터 폴더를 정리한다고 파일을 옮기다가 실수로 삭제해버렸기 때문이다. 장장 10개월을 작업했는데, 1초 만에 사라지고 말았다. 휴지통에도 들어가지 않고 그냥 사라졌다. 그런 일이 생기더라. 너무 당황해서 발을 동동거리다가 파일 복구업체에 연락했다. 견적을 받아보니 복구하는 데 성공하면 최소 20만 원, 복구하지 못해도 8만 원의 비용이 발생한다고 했다. 별다른 방법이 없었다. 눈물을 머금고 수락할 수밖에. 그리고 98% 정도 복구가 됐다. 작업이 복잡했는지 기사님이 복구비로 44만 원을 달라고 하셨다. 높은 금액에 당황했지만 읍소하며 좀 깎아달라고 말씀드렸고, 37만 원에 타협했다. 한 번의 실수에 37만 원이라니…. 하지만 이 사고 덕분에 나는 원고를 더욱 소중히 여기게 되었다. 외장 하드에 백업하는 습관도 생겨서 좀처럼 같은 실수를 반복하지 않을 것이다. 참 잘된 일이다. 무엇보다 이 책으로 최소 37만 원 이상 벌어야 한다는 의무감이 생겼다. 이 책은 잘되고 말 거다. 드라마틱한 탄생 비화까지 생겼으니 말이다!

고질병도 쓸모가 있다

허리 디스크에 걸린 분들은 알 것이다. 이 고통은 정말 엄청나다. 순간적으로 몰려오는 전기에 감전된 듯한 통증에 다리가 풀려서 때때로 주저앉기도 한다. 나 역시 관리를 하지만 1년에 한 번은 크게 아픈 날이 있다. 게다가 회복하는 데 1~2주 정도 걸리는데 그 기간이 너무 힘들고 고되다. 폭탄을 안고 사는 기분이다. 하지만 이 디스크 덕분에 삶이 부지런해지고 건강해졌다. 허리를 많이 다치는 편이라 그 원인을 몇 가지로 정리해보았다.

술 마신 다음 날 격한 운동을 하는 것, 양반다리로 오래 앉아 있는 것, 바르지 않은 자세로 앉아서 오랫동안 글 쓰는 것, 늘어난 뱃살이 허리에 무리를 주는 것, 소파에 오래 누워 있는 것, 스트레칭을 자주 하지 않는 것 등이다. 그래서 이런 행동을 늘 주의한다. 격한 운동을 하기 전날 과음은 삼가고, 과음 후에는 운동을 하지 않는다. 그리고 양반다리로 앉지 않기 위해 고스톱을 치지 않는다. 그랬더니 명절에 입는 손해도 줄었다(장인어른은 고수다). 글을 쓰는 시간이 상당한 편인데, 늘 자세에 신경을 쓰고 주기적으로 스트레칭을 하고 있다. 뱃살은 허리에 무리를 주기 때문에 어느 정도 살이 붙었다 싶으면 다이어트를 시작한다. 글을 쓰다가 잠시 쉬는 시간에는 집안일을 하면서 조금씩 움직인다. 머리가 피곤하니 몸을 써줘야 한다. 피로의 돌려 막기랄까? 단지 허리 디스크를 예방하고자 주의하는 일들 덕분에 몸이 건강해지고, 술도 덜 마시게 되고, 아내에게 사랑도 받으며 살고 있다.

공짜 하루

"오는 순서는 있어도 가는 순서는 없다"는 말이 있다. 젊다고 앞날을 장담할 수 없다는 뜻이다. 상상이 꼬리에 꼬리를 물어 잠을 자다가 갑자기 하늘나라에 갈 수도 있다고 생각하면 매일 새롭게 주어지는 하루가 그렇게 감사할 수가 없다. 이쯤 되면 내가 삶과 죽음의 문턱을 몇 번 넘어본 게 아닐까 예측하는 독자들이 있을 텐데, 그건 아니다. 수술대에 누워본 것은 라식 수술 할 때 한 번뿐이다. 물론 시야가 암흑이 되는 것이 공포스럽긴 했다. 아무튼 나는 아침마다 눈을 뜰 때 속으로 "대박! 공짜!"라고 외치며 하루를 시작한다. 이렇게 하루가 내게 주어진 이유가 있다고 생각한다. 그 이유를 100% 알지 못하고, 신의 생각은 또 다를 것이다. 다만 살아야 하는 가치와 이유가 있으니 주어진 것이라 믿고 그 하루를 알차게 쓰려고 노력한다. '공짜로 하루를 더 받았으니 신나게 지내보자!'는 마음가짐이다. 그렇게 하루를 열심히, 알차게 즐겁게 보내고 다시 잠자리에 든다. 그리고 다음 날 또다시 눈을 뜨고 '대박! 또 살았다! 신난다!'라는 생각으로 또 하루를 산다. 이렇게 밝은 에너지로 가득한 하루하루가 모여 내 인생이 되고 있다.

응원하는 팀이 매년 다르다

스포츠를 즐기는 이유는 스트레스 해소 방법 중 하나이기 때문이다. 나 역시 그렇다. 그중에 유독 야구를 좋아하는데 올해는 삼성라이온즈를 응원했다. 작년엔 키움히어로즈였고. 재작년엔 한화였고, 4년 전엔 기아였고, 5년 전엔 롯데였다. 나랑 친한 삼성 팬 형은 "어떻게 응원하는 팀이 바뀔 수 있냐"며 나를 절대로 이해 못 한다고 했다. 나는 그해 응원하고 싶은 팀을 응원한다. 나름의 룰은 있다. 무조건 1등 말고, 2등 정도 하면서 잘하는 팀을 응원하고 싶다. 자꾸 지는 팀을 응원하다 보면 스트레스를 풀려고 보는 건지 스트레스를 받으려 보는 건지 싶어 매년 팀을 바꾸는 거다. 나는 목적에 충실할 뿐이다. 스포츠를 즐기는 게 내 목적이고, 그러니 내게 재미를 주고 스트레스를 적게 주는 팀을 응원하는 것. 목적에 충실할 뿐이다.

늘 지금이 좋다

2등에게 "조금만 더 열심히 하면 1등 할 수 있어"라는 위로를 건네는 나라에서 나는 1등도 2등도 아닌 한참 아래, 중간 어디쯤 끼인 채 살아가고 있다. 하지만 충분히 만족하며 산다. 내게는 일을 마치고 집에 돌아오면 날 열렬히 반겨주는 가족이 있다. 다행히 아직은 딸아이가 엄마 아빠와 함께 있는 것을 상당히 좋아한다. 우리 집은 사랑이 가득하다. 다음 생에도 다시 이렇게 살고 싶을 만큼 행복하다.

어릴 때는 현실에 대한 불만족이 나를 발전시키고 더 나은 사람으로 만드는 원동력이 된다고 믿었다. 그래서 나 자신을 계속 채찍질했다. 주어진 삶에 만족하며 살아가도 성장할 수 있다는 걸 알게 된 건 시간이 좀 지난 뒤였다. 속도 차이는 있겠지만, 그 또한 행복의 손익을 계산해보면 총량과 가치의 우위를 따지기가 애매하다. 만족하면서 살아가면 완만하게 상승하는 느낌이 든다. 일례로 3년 전 내 첫 책을 지금 다시 보면 부끄럽다. 이 정도밖에 못 썼나 싶어서 말이다. 하지만 당시엔 상당히 만족했었다. 아마도 그 사이에 내가 꽤 성장했나 보다. 지금도 돈이나 양육, 집 걱정이 없는 건 아니지만 모두 그 정도 고민은 하며 살아간다고 생각한다. 그런 비슷한 상황에서 만족하고 못 하고는 자신의 선택 아닐까? 나는 늘 지금이 좋다.

숨기면 약점, 드러내면 퍼스널

강연할 때 나는 내 콤플렉스나 치부를 대수롭지 않게
이야기한다. 전혀 부끄럽지 않기 때문이다. 우리가 숨기고 싶어 하는
콤플렉스는 이미 상대가 알고 있는 경우가 많다. 그러니까 굳이
부끄러워할 이유가 없다. 내 경우는 키가 작은 것, 신체 비율이 별로라
옷태가 안 난다는 것, 연기자가 되겠다고 큰소리치고는 최종 작품이
〈사랑과 전쟁〉이었다는 것, 〈사랑과 전쟁〉에선 주로 찌질이 역을
맡아 연기했다는 것 정도가 아닐까. 이런 건 사람들이 다 알고 있는
것이니 굳이 숨길 이유가 없다. 오히려 유머 소재다. 물론 말을 안 하면
모르는 비밀도 있다. 아버지가 대머리인 까닭에 내가 20대 중반부터
탈모약을 복용하고 있다는 그런 것들…. 하지만 숨기면 비밀이지만
얘기하고 나면 '아, 그런가 보다' 하는 팩트가 될 뿐이다.
사람이 약해지는 이유는 약점을 감추려고 하기 때문이다. 다 감췄다고
생각했는데 드러나니까 더 당황한다. 오히려 약점을 드러내 팩트로
만들면 충격은 덜하다. 어떨 땐 치유가 되기도 한다. 아픔이 줄면
그만큼 행복해진다.

내 자리를 안다

어렵다는 개그맨 공채 시험을 군대 제대 후 4개월 만에 합격했다. 운이 좋았는지 무명 기간도 없다시피 데뷔 6개월 만에 유명해졌다. 그래서 예능 프로그램 MC가 될 기회가 있었는데, 기회가 올 때마다 스스로 날려버렸다. 방송국에서 나에 대한 기대치는 점점 낮아졌다. 하지만 그때 나는 스스로 대단한 사람이라고 믿으며 여기저기 매달렸다. 그것이 나를 더 힘들게 만들었다. 결국 자존감이 바닥을 찍고 나서야 자신을 냉정하게 바라보게 되었다.

나는 예능 감각은 없는 편이다. 혼자 하는 스탠딩 개그를 좀 할 뿐, 개그맨치고는 상당히 진지하고 부끄러움도 많아서 예능에 부적합한 캐릭터다. 그래도 사람들에게 즐거움은 주고 싶었다. 그러던 중 내게 맞는 자리를 발견했다. 정제된 유머가 필요한 교양 프로그램이었다. 강연하는 것도 좋았다. 강연을 하러 가면 몸도 마음도 무척 편했다. 강연을 듣는 사람들의 평가도 나름대로 괜찮았다. 그래서 지금은 개그맨들이 욕심내는 예능에는 별로 관심이 없다. 기회가 오면 고마운 마음으로 하겠지만 굳이 매달리지 않는다. 내가 잘할 수 있는 게 무엇인지 알았고, 잘하는 것만 하겠다고 마음먹고 나니 이렇게 마음 편할 수가 없다.

행복한 것이 성공한 것이다

"요즘 어떻게 지내세요?"라는 말을 종종 듣는다. 사실 내 SNS를 구독하지 않으면 최근 내가 무슨 활동을 하고 있는지 알 수 없다. 요즘 나는 주부 작가로 바쁘게 산다. 주로 부부와 육아, 행복한 가정에 대한 이야기를 하고 있다. 그래서 결혼식 등 행사장에서 나를 많이 찾는다. 나름 블루칩이다. 그런데 언젠가 이런 '요즘의 나'를 모르는 사람들과 일할 기회가 있었다. 그분들은 나를 과거에 유명했던 개그맨, 〈사랑과 전쟁〉 재연 배우 정도로 생각하고 섭외를 했다. 그러곤 과거에 내가 잘했던 걸 해달라고 요청했다. 결과는 좋지 않았다. 과거의 나를 답습하고 싶어도 지금 나오는 캐릭터가 너무 달랐기 때문이다. 나 역시 지금 내가 잘할 수 있는 걸 못 하니 답답하긴 마찬가지였다. 반대로 현재 나에게 맞는 역할로 섭외가 되면 당연히 결과가 좋다. 나 역시 훨씬 즐겁고 행복하다.

시행착오를 몇 번 겪은 후 지금은 나를 잘 알고 환영해주는 사람들과 일한다. 일이라는 것이 지금 잘해야 다음이 있는 것이기 때문에 애초에 잘할 수 있는 것만 하겠다고 다짐했다. 이런 선택이 성공에 대한 불안과 압박을 줄여주었다. 성공해야 행복한 것이 아니고 행복하면 성공한 것이다.

이야기 들어주는 사람

자살하려는 사람은 죽기 전에 마지막 사인을 누군가에게 보낸다고 한다. 일종의 도와달라는 신호라는데, 이 신호를 알아챈 사람이 그의 이야기를 들어주고 붙잡아주면 마음을 돌리게 된다고 한다. 그만큼 누군가 내 이야기를 들어준다는 건 삶에서 꽤 중요한 일이다.

나는 글을 쓴다. 내가 좋아서 쓰는 글이지만 그 글에는 전하고 싶은 메시지가 있다. 독자에게 좋은 변화를 주고 싶어서 계속 말을 건네는 것이다. 다행스럽게도 내 글을 즐겁게 읽어주는 사람이 꽤 많다. 내가 대단한 사람도 아닌데 말이다. 행복한 일이다. 오랫동안 내 글을 읽으며 내 생활을 봐온 사람들은 누군가 나를 오해했을 때 적극적으로 해명해주기도 했다. 그것은 나를 알고, 나와 소통하기에 가능한 일이라고 생각한다. 알고 보면 나쁜 사람은 드물지 않은가. 그리고 내 이야기를 들어주는 사람이 많아지는 것이 내가 더 행복해지는 길이라는 걸 이제는 안다. 무엇보다 우리 가족도 내 이야기를 경청해주고 있으니 행복의 길이 더 넓게, 더 멀리 뻗어나가는 기분이다. 가족끼리 서로의 말을 경청하는 것은 쉽고도 어려운 일이니 말이다.

물려받은 유산이 있다

내 본가는 재산이랄 것도 없고, 부모님 사이도 늘 전시 상황이었다. 그래서 난 정서적으로 불우하게 자랐다고 생각했다. 그런데 이 책을 쓰다 보니 자아 형성에 부모님이 많은 도움을 주셨다는 것을 알게 됐다. 나는 누가 시키지 않아도 시계처럼 성실하게 생활한다. 그것이 6년째 광고도 붙지 않는 블로그에 꾸준히 글을 쓸 수 있었던 이유다.

"성실히! 늘 새로운 것을 연구하고!"

아버지가 술만 드시면 우리 형제를 앉혀놓고 말씀하시던 레퍼토리다. 수백 번은 들었다. 그때는 듣기 싫었는데, 덕분에 이리 살게 된 것 같다. 그런 아버지의 유전자를 물려받았으니 이런 성격이 됐을 수도 있다.

"너는 어릴 때부터 운이 그렇게 좋았어!"

이건 우리 어머니의 레퍼토리다. 내가 성장하면서 운이 좋았다고 생각할 수 있는 것들을 다 엮어서 운이 좋다는 무의식을 내게 넣어주셨다. 덕분에 난 지금도 운이 좋다. 아무리 생각해도 내가 살아가는 데 가장 중요한 것을 우리 부모님께 물려받았다는 생각이 든다. "덕분에 행복하게 살고 있네요. 감사합니다, 부모님!"

하찮은 일을 자랑한다

우리나라 사람들은 자랑을 쑥스러워한다. 그래서 자랑하는 사람을 보면 손발이 오그라들고, 심지어 얄밉다고도 한다. 하지만 나는 그냥 한다.

"얼마 전에 건물을 샀는데, 그 건물이 20억에서 200억이 됐어요. 아, 그리고 우리 딸이 이번에 하버드대를 별로 어렵지 않게 전액 장학금 받고 입학했어요. 돈이 많아 학비를 내도 상관이 없는데, 전액 장학금을 받았네요. 아, 그 이야기 제가 했던가요? 전 사실 일도 별로 안 해요. 부모님께 유산을 엄청나게 물려받았거든요."

이런 게 아니다. 내가 하는 자랑은 '이게 자랑거리인가?' 싶은 소소한 것들이다.

"어젯밤 우리 집에 놀러 온 꼬맹이 둘이랑 우리 딸, 이렇게 셋을 나 혼자 한꺼번에 재웠잖아. 대박이지!"

"내가 매일 아침, 하루도 안 거르고 아내한테 라테를 만들어주잖아. 짱이지!"

"단골 주유소에서 5만 원 이상 기름을 넣어야 주는 세차권을 4만 원만 주유하고 졸라서 받았지. 개이득!"

이렇게 작은 자랑을 하면서, 칭찬도 받으며 즐겁게 살고 있다.

격하게 반겨준다

어린 시절 집에 혼자 있을 때 현관 벨 소리가 나면 심장이 두근거렸다. 부모님은 자주 싸우셨고, 형에게 혼난 적도 많아서 누군가 오면 불안했다. 현관에서 내가 한 인사는 반가움의 표현이 아니라 의무적으로 해야 할 일이었다. 하지만 지금은 내가 집에 들어가면 온 가족이 날 환영해준다. 마치 반려견이 주인을 반기듯이 뛰어나온다. 진짜 강아지처럼 말이다. 큰딸이 네 살 때부터 시작한 우리 집의 리추얼은 강아지 흉내를 내면서 현관까지 뛰어와서 꼬리도 없는 엉덩이를 흔들어대는 것이다. 놀라지 말 것. 아내도 옆에서 똑같이 한다. 귀가 시간이 〈TV 동물농장〉, 아니 팬 미팅 시간 같다. 이렇게 환영해주니 집에 얼마나 빨리 돌아가고 싶겠나. 일이 끝나면 내가 쏜살같이 집으로 달려가는 이유가 바로 이거다. 이렇게 환영받는 기분이 어떤 느낌인지 알기에 오늘도 나는 학교 앞에서 아이들을 기다리는 부모 중에서 가장 큰 액션으로 딸아이를 반긴다. 솔직히 아이가 좀 부끄러워할 때도 있지만 모른 척하고 내 방식대로 한다. 나중에 물어보면 부끄럽긴 하지만 좋았단다. 사람이 많은 데서 자신이 가장 환영받고 있다는 기분, 싫을 리 있을까. 격하게 반겨보라. 좋아한다.

솔직하게 말할 수 있는 곳

솔직하게 이야기할 수 있으면 정신 건강에 좋다. 하지만 나는 직업상 마냥 솔직할 수만은 없다. 특히 요즘처럼 논란을 만들기 좋아하는 시대에 말조심은 필수다. 특히 인스타와 같은 SNS는 더 그렇다. 하고 싶은 말을 한다기보다는 해야 하는 말을 하는 느낌이랄까. 진실보다는 정답을 말해야 하는 분위기다. 워낙 압축해서 글을 쓰는 공간이다 보니 오해의 여지가 많고 논란도 쉽게 생긴다. 그래서 내 주변 몇몇 연예인은 SNS를 지인만 볼 수 있게 비공개로 설정하고 사용하기도 한다. 아무튼 SNS가 소통의 창인데도 오히려 답답한 느낌이 들어서 글을 써도 마음의 응어리가 해소되지 않는 공간이 되었다. 하지만 나에게는 상당히 솔직하게 글을 쓸 수 있는 곳이 있다. 블로그다. 블로그는 충분히 길게 써서 내 마음을 잘 표현할 수 있다. 그리고 그 긴 이야기를 잘 들어주는 애독자들이 있다. 마치 동네 아줌마들끼리 수다를 떨고 있는 느낌마저 든다. 이게 연예인 입장에서 얼마나 속이 시원한지 모른다. 오랫동안 못 본 친구보다 내 블로그의 팬이 훨씬 가깝게 느껴진다. 내 주변에 누가 살고, 얼마 전에 무슨 일이 있었는지, 우리 아이들에게 어떤 어려움이 있었고, 그 이유는 뭐고, 그래서 어떻게 대처했는지 이미 다 안다. 게다가 블로그의 글이 상당히 길어서 논란 메이커들은 다 읽지도 않는다. 그들은 바빠서인지 긴 글은 잘 안 본다. 그 덕분에 블로그의 글은 다른 SNS와 비슷한 내용이어도 문제를 삼지 않는다. 그래서 더 솔직하게 말할 수 있는 것 같다. 그리고 한 사람 더! 아내와는 더없이 솔직한 대화를 할 수 있다. 그래서 나는 아내와 오래 함께 있어도 정신 건강이 좋을 수밖에 없다.

불행해서 행복해지기로 했다

나는 주로 행복에 관한 글을 쓴다. 매일 네 시간 이상 쓴다. 오늘 얼마나 행복했는지 일상 이야기는 블로그에 올리고, 소소한 행복의 순간은 짧게 인스타그램이나 페이스북에 남긴다. 또 어떻게 하면 행복할 수 있는지에 대한 칼럼도 쓰고 있다. 특히 칼럼은 실현 가능성을 깊이 생각한다. 어떻게 하면 쉽고 빠르게, 말이 되게 행복해질 수 있는지 계속 고민한다. 뜬구름 잡는 이야기가 아닌, 독자에게도 도움이 될 내용인지 고민하고 또 고민한다. 그러다 보니 머릿속이 온통 행복에 관한 것들로 가득 차 있다. 행복해지는 것이 나의 새 직업이 된 것만 같다.

내가 행복에 집중하게 된 이유는 부모님 때문이다. 매일 피 터지게 싸우는, 가끔은 진짜 피도⋯ 그런 환경에서 자라다 보니 치유되지 않은 불안증이 아직도 내 안에 남아 있다. 그래서 본가는 내게 여전히 불편한 곳이다. 명절에도 시월드에 있는 며느리 같은 마음이다. 분위기를 바꿔보려고 노력도 했지만 부모가 자식 못 바꾸듯이 자식도 부모를 못 바꾼다는 것만 알게 됐다. 그래서 그런 두려움이 없는 우리 집이 나에겐 가장 안전하고 편하다. 가정의 행복을 더 잘 지키고 싶은 이유이기도 하다. 내가 제일 싫어하는 것이 바로 집 안에 맴도는 불안한 공기다. 부모님이 싸운 티를 안 내려고 해도 집 안에 가득한 냉랭한 공기의 흐름을 아이들은 본능적으로 느낀다. 이런 공기를 마시고 자란 아이는 기본적으로 불안감이 클 수밖에 없다. 부모가 아이를 그렇게 만든 건데 부모는 아이를 병원이나 상담 센터에 데리고 간다. 나는 이런 말도 안 되는 상황이 싫다. 이런 일이 우리 가족에게는

055

불행해서 행복해지기로 했다

생기지 않았으면 좋겠다. 최소한 내 주변, 내 글을 읽는 사람들에게는 일어나지 않았으면 좋겠다. 그런 마음으로 글을 쓰고 있으니 행복에 대한 고민이 온종일 이어져도 전혀 힘들지 않다. 행복은 생물, 식물 같다. 계속 가꾸면 더 풍성해진다. 누군가를 위해 행복에 대한 글을 쓰고 있고, 이런 내 글을 읽고 공감해주는 사람들 덕분에 나도 다시 행복해진다.

크게 웃는다

웃음 치료는 실제로 대단한 효과가 있다. 웃으면 스트레스 호르몬이 줄어들고 행복감을 주는 세로토닌 분비를 늘릴 수 있다. 암 병동에서 웃음 치료를 많이 하는 이유다. 웃을 일이 없는 환자들과 잘 웃지 못하는 분들에게 웃을 기회를 주고, 웃음의 크기를 키우고, 그것을 일상화하는 것이 웃음 치료 방식이다. 최고의 웃음 레벨은 파안대소, 박장대소다. 나는 매일 이렇게 웃으려고 한다. 이제 습관이 되었다. 이 습관은 개그맨이 되고 난 후 연습한 것이다. 연습하면 누구나 다 된다. 내가 연습한 방법은 박수를 치면서 웃는 거였다. 사실 박수를 치려면 꽤 에너지가 필요하다. 그래서 박수를 치다 보면 에너지가 상승해 좀 더 크게 웃을 수 있다. 그리고 사진 찍을 때마다 소리를 내어 이가 다 보이도록 활짝 웃었다. 사실 많은 사람이 웃는 모습에 자신 없어 잘 웃지 않는다. 심지어 잘생기고 예쁜 배우들도 마찬가지다. 슬픈 표정, 화난 표정이 잘 어울리는 배우도 많다. 예를 들어 조인성 씨는 광고에서 활짝 웃지 않는다. 하지만 우리는 조인성이 아니지 않은가. 우리는 웃는 게 무조건 더 멋지다. 그런 믿음을 갖고 소리 내어 웃으며 사진을 찍는다. 그리고 나는 내가 먼저 웃는다. 우리나라 사람들은 옆 사람이 웃어야 웃기 시작한다. 내가 제일 먼저 웃는다는 생각으로 웃어보라. 나는 직업 특성상 생존하기 위해 웃는 연습을 했지만 지금 돌아보니 그 웃음이 지금의 나를 만들었다. 그래서 오늘도 일부러 웃을 일을 찾아서 많이 웃고 더 행복해지려고 한다.

CHAPTER 2

오늘도 성공적으로 행복했다

한 달 전 일을 일기로 쓴다

어릴 때 일기를 쓰면 좋다는 말을 듣고 숙제처럼 일기를 쓰곤 했다. 일기의 순기능은 자신을 돌아볼 수 있다는 것인데, 내 일기를 학교 선생님이 읽어보시니 일기장에 솔직한 마음을 담을 수 없었다. 그저 일상적인 사실이나 좋은 이야기만 쓰곤 했다. 그래서 학창 시절 이후 오랜 세월 동안 일기를 쓰지 않았다. 그런데 나이를 한참 먹고 다시 일기를, 심지어 자세히 쓴다. 비법이 있다. 내가 일기를 쓰는 방법은 조금 독특하다. 약 한 달 전 일을 기억해서 일기를 쓴다. 어떤 순간 사진을 찍어 사진에 짧게 메모를 해둔다. 어떤 상황이고 기분이 어떤지. 그렇게 하면 한 달 후에 봐도 기억이 잘 떠오른다. 이렇게 시간 간격을 두고 기록하면 웬만한 일은 에피소드가 되어 차분히 당시 상황을 돌아볼 수 있다. 자신을 돌아보는 정도가 아니라 나를 타인처럼 바라보게 된다. 이런 일기 쓰기를 6년 넘게 이어가니 삶을 전지적 작가 시점으로 바라보는 데 익숙해졌다. 심지어 놀라고 급한 상황에서도 '지금 무슨 일 때문에 놀랐다'고 메모하는 여유가 생겼다. 내 인생인 듯 내 인생이 아닌 듯 자기 객관화, 현실 집착에서 벗어난 일종의 해탈이랄까? 그래서 무슨 일이든 침착하게 대처할 수 있었던 것 같다.

대단하지 않아서 행복하다

우리는 어릴 적부터 대단한 사람이 되어야 한다고 강요받곤 했다. 하지만 대단한 삶이 반드시 행복한 삶은 아니다. 처음 연예인이 되었을 때 이왕이면 슈퍼스타가 되고 싶었다. 숨만 쉬어도 대중을 들었다 놨다 할 수 있는 사람 말이다. 나름 그 대단한 삶의 언저리에 잠깐(?) 가보기도 했지만 그 삶은 내 자유와 편의를 돈으로 바꾼 시간이었고, 행복과 거리가 있었다.

지금 내 인지도는 일반인급이다. 그래서 아이 키우기가 편하다. 유명인의 자제는 대중의 관심거리가 되기 쉽다. 자연스레 아이는 본인의 의사와 상관없이 과도한 관심을 받게 된다. 그것이 좋은 일만은 아니라고 생각한다. 나는 아이들 손을 잡고 어디든 편하게 다닐 수 있다. 내 생각을 글로, 말로 사람들에게 전하고 있지만 논란의 중심이 되어 집중 포화를 맞을 일도 없다. 여전히 나를 잊지 않고 좋아해주는 분들이 어느 정도 있어서 먹고사는 데 큰 지장도 없다. 오래전 꿈꾸던 슈퍼스타의 삶은 아니지만, 참 감사하고 행복하다.

졸보 토끼

나는 졸보(맞춤법에 안 맞지만 '쫄보'라고 쓰고 싶다)다. 겁이 참 많다. 토끼 같다고 해야 할까? 그래서 번지점프 같은 걸 할 생각은 1도 없다. 가끔 운전을 하다 보면 앞차 때문에 화가 날 때가 있다. 그래도 경적을 울리지 않는다. 그 차에서 깡패가 내릴까 봐 걱정되기 때문이다. 또 겁이 많으니 상대가 화를 내려고 하는 순간을 귀신같이 알아채는 눈치도 있다. 그래서 누군가 화가 날 것 같은 순간이 되면 몸을 최대한 낮추고 안전을 도모한다. 아내가 화를 낼 때도 무섭다. 그래서 아내가 화나지 않도록 조심스럽게 행동한다. 아내만이 아니다. 위험 요소가 많은 본가 식구들이 모인 자리나 내가 속한 야구팀의 평화 유지에도 이 방식은 상당히 도움이 된다. 그래서 본가 식구들은 내가 없으면 안 모이려고 하고, 야구팀 또한 지금까지 단 한 번도 벤치 클리어링(양 팀 선수 사이에 신경전이나 폭행이 벌어질 때, 벤치에 있는 모든 선수가 팀을 위해 경기장으로 뛰어나오는 일) 같은 불상사가 일어나지 않았다. 그리고 나는 하이 리스크 투자는 안 하기 때문에 크게 망한 적도 없다. 그러다 보니 자연스레 대박 사건보다 중·소박 사건으로 일상이 채워진다. 그래서 삶이 잔잔하고 평온하다. 여의도 불꽃놀이 같은 대형 이벤트보다 작은 택배 상자를 받았을 때 더 행복하다. 행복은 강도보다 빈도니까.

낮잠을 잔다

아침에 일어나자마자 칼럼을 쓰고, 아이를 깨워서 등원시키고, 집 정리를 하고, 세탁기를 돌려놓고 운동한 후 점심을 먹는다. 그 뒤에 딱! 누우면 천국이 따로 없다. 어흐~ 소리가 절로 나온다. 그렇게 30분 정도 자고 일어나면 하루를 두 번 사는 느낌이 든다. 사실, 처음부터 낮잠을 즐길 수 있었던 것은 아니다. 아내가 밖에서 일할 때 나만 혼자 낮잠을 자는 건 배신이라는 생각에 죄책감도 들었다. 그런데 심리학자 허태균 교수의 '인고의 착각'을 이해한 후부터 마음이 편해졌다. 우리 민족은 고생과 노력을 좋아하고, 고생을 해야 성공한다고 굳게 믿는데, 목적에 맞게 고생하고 있는지 봐야 한다는 것이 요지다. 예를 들어 고3 수험생이 시험을 보는데 부모가 즐겁게 놀고 있으면 자녀의 성적은? 상관없다. 자녀의 성적은 실력대로 나온다. 그런데 우리는 함께 고생하면 성적이 잘 나올 것 같은 착각을 한다는 것이다. 이 사실을 깨닫고 내게 낮잠이 꼭 필요한 일임을 알았고, 또 편히 실천하게 됐다. 체력이 회복되니 하원하고 돌아온 아이를 상대해도 쉽게 지치지 않는다. 몸이 피곤하면 안 그러려고 해도 별것 아닌 일에도 화를 내게 되기 마련이다. 이처럼 낮잠은 우리를 착한 사람으로 만든다. 그래서 나는 낮잠을 즐기려고 한다. 그리고 낮잠을 잘 수 있는 잠깐의 여유가 축복이라고 생각하고 하루하루 감사하며 잘 자고 있다.

절대 최악이 아니다

〈새롭게 하소서〉라는 방송 프로그램에 출연하고 있다. 게스트들의 간증을 들으며 '세상엔 이런 상상할 수 없는 일도 있구나' 싶은 적이 여러 번 있었다. 나는 개그맨이 되어 정상의 자리에 올랐다가 뚝 떨어졌다. '이야, 바닥을 쳤구나. 이제 다시 올라갈 일만 남았다!' 생각했는데 지하가 있었다.

지하 1층, 2층, 3층⋯ 6⋯ 9⋯.

나도 나름 바닥을 쳐봤다고 생각했는데 비교가 안 됐다. 그리고 매번 방송을 하며 세상살이엔 바닥이 존재하지 않음을 실감했다. 내려가다 보면 끝도 없이 내려갈 수 있다. 그런데 바닥이 없다는 것, 내가 바닥을 보지 못했다는 것은 결국 최악의 상황에 처해본 적이 없다는 걸 의미했다. 그때부터 용기가 생기기 시작했다.

'나는 절대 최악의 상황에 처하지 않는다.'

비논리적인 결론이지만, 이런 마음 때문에 어떤 일이 생겨도 큰 걱정을 하지 않는다. 그래서 두통도 느껴본 적이 거의 없다. 고민이 많아서 겪는 위통 같은 것도 전혀 알지 못한다. 아마도 난 오래 살 거야.

타인의 의견일 뿐이다

주영훈 형이 그랬다. "요즘 골프 안 치는 개그맨은 너 뿐인 것 같다"고. 맞다. 나는 골프를 치지 않는다. 특별한 이유가 있다기보다 아이들을 돌봐야 해서 필드에 나갈 시간도 없고, 돈도 별로 없다. 일 때문에 만난 사람들도 골프 이야기를 꺼낸다. 골프 좀 치면서 친해지고 일 이야기도 하자는 그런 말이다. 그런데 내가 하고 싶어서라면 몰라도, 사람들 사이에 끼기 위해 골프를 배울 생각이 없다. 나는 나름의 삶의 방식이 있고, 내 방식으로 사람들과 어울리고 싶다. "가장 개인적인 것이 가장 창의적인 것이다." 아카데미 시상식에서 봉준호 감독의 수상 소감을 들었을 때 탁! 무릎을 쳤다. 그동안 나도 모르게 그렇게 생각하며 살아왔는데, '그게 이거였구나!?' 싶었다. 봉 감독이 인용한 말은 마틴 스코세이지 감독의 명언이었다. 거장의 생각과 내가 지금까지 생각해온 방식이 같다고 말하는 것 같아 낯부끄럽지만, 진짜 그런 느낌이었다. 나는 내게 편하고 자연스러운 방식을 고수한다. 블로그를 시작할 때 '너무 글이 길다' '사진은 왜 그렇게 찍냐?' '너무 부산스럽다' '유튜브는 왜 안 하냐?' '광고는?' 등 의견이 정말 많았다. 하지만 타인의 의견일 뿐이었다. 그냥 내가 하고 싶은 대로 쭉 했다. 그리고 이제 내 블로그는 어디에서도 볼 수 없는 나만의 개성이 녹아 있다. 이렇게 되고 나니 점점 더 편해진다. '누구처럼' '누구의 방식'이 아니라 그냥 나이기만 하면 되니 말이다.

다 방법이 있지

"걱정 마! 다 방법이 있지. 아빠가 해결해줄게!" 우리 딸이
심기가 틀어져 통곡할 때 내가 늘 하는 말이다. 아이를 안심시키려고
하는 말이 아니다. 모든 문제엔 늘 해결책이 있다. 그리고 진짜 해결할
수 있다. 방법이 있고 해결할 수 있으니 예상하지 못한 상황에서도 난
크게 당황하지 않는다.

예전에 장인어른 환갑 기념으로 온 가족이 해외여행을 간 적이 있다.
일정 때문에 나만 후발대로 출발해야 했는데, 내가 큰 사고를 치고
말았다. 가족들이 여행을 마치고 내 차로 집에 돌아와야 하는데 차에
짐을 전혀 치워놓지 않은 것이다. 차 안에는 아내의 일과 관련된 짐이
가득했다. 그것을 공항에 도착해서야, 비행기 이륙 시간이 다 되어서야
알아버렸다. 여차하면 새벽에 귀국해 나만 차로 가고, 나머지 가족은
공항버스로 한 시간 넘게 돌아와야 할 상황이었다. 장인어른의 그늘진
표정과 아내의 짜증 섞인 침묵을 견뎌낼 생각을 하니 상상만으로도
10년은 늙는 기분이었다. 뇌를 풀 가동했다. 용달 일을 하고 있는
아는 동생이 생각났다. 바로 전화해 다급한 목소리로 내 차에서
짐만 빼달라고 간곡히 부탁했다. 구리에 살고 있던 그 동생은
인천국제공항까지 먼 길임에도 흔쾌히 그러겠다고 했다. 고마운 녀석!
그 덕에 우리 가족은 이 난리는 알지 못한 채 여행을 마치고 편하게
집으로 돌아올 수 있었다. 방법은 늘 있게 마련이다. 내가 걱정이 적을
수밖에 없는 이유다.

어제보다 좋다

현재 내 직업은 '웃기는 주부 작가'다. 그런데 사실 주부라고 하기엔 집안일 처리 레벨이 좀 낮다. 세탁기에 빨래를 돌릴 때 필수인 색깔 구분과 소재 구분은 주부 경력 4년 차부터, 얼룩을 제거하기 위한 애벌빨래는 최근에야 시작했다. 남들은 초등학교 때 뗀다는 기본적인 한글맞춤법을 마흔한 살이 되어서야 뗐다. 물론 어려운 표현은 아직도 검색한다.

예전엔 책 읽는 걸 싫어했다. 책 한 권 읽는 데도 시간이 너무 오래 걸려 300페이지 분량의 책을 완독하는 데 아무리 열심히 읽어도 보름은 걸렸다. 난독증 때문인지, 집중력이 없어서인지 모르지만 말이다. 그런데 이제 300페이지 정도는 이틀이면 읽는다. 이 책이 나오면 책 두 권을 써낸 작가가 된다. 학교 다닐 때 토익 시험이란 건 본 적도 없고, 수능 영어도 처참한 성적을 받았지만 지금은 스웨덴 대사관에서 대사님과 영어로 농담을 나누는 수준이 됐다. 나는 이전보다 계속 좋아지고 있다. 그래서 하루하루 승리하는 기분이다. 과거의 내가 서툴렀기 때문에 나는 죽을 때까지 쭉 어제보다 더 좋아질 수 있을 것이다.

모두 편하고 즐거울 땅따

집안 내력일까? 가족 모두가 담배를 피워 나는 절대 피우지 않겠다고 다짐했지만 군 입대 후 굳은 마음이 무너지고 말았다. 군대에서 배운 담배는 개그맨이 된 후 고뇌하던 시절, 하루에 네 갑을 피우는 지경에까지 이르렀다. 10년간 담배를 피웠다. 그러던 어느 날이었다. 담배를 피우고 자리에서 일어나는데 머리가 핑 돌았다. 나이 서른둘에 겪은 기립성 저혈압이었다. 담배를 끊어야겠다는 생각이 들었다. 10년 동안 한 번도 끊을 생각조차 하지 못했는데 말이다. 아내가 임신한 동안에는 술도 끊었다. 술을 좋아하는 아내를 위로하기 위해서였다.

다음은 내 어머니에 관한 것이다. 어머니는 좀 이상한 할머니다. 자식 둘의 이름은 어머니가 직접 지어놓고, 큰아들의 자식 둘 이름은 할머니인 당신이 지어왔다. 딱히 제사를 지내지도 않는데 명절에는 시댁에 먼저 와야 한다고 했다. 우리 형의 처가는 구미고 본가는 서울이라 인천에 사는 형 입장에서는 구미에 먼저 갔다가 올라오는 것이 편한데 말이다. 비합리적이라는 생각이 들었다. 그래서 내가 바꿔보았다. 내 딸의 이름은 내가 짓고, 명절엔 처가에 먼저 다녀오는 것으로 말이다. 바꾸고 나니 가족들이 편하고 행복해졌다. 고집을 부리던 우리 어머니도 점차 이 방식을 따라주었다. 인생은 내 앞에 놓인 문제를 풀어가는 과정이고, 문제는 풀라고 있는 것이다. 풀고자 마음먹으면 생각보다 수월하게 해결될지도 모른다. 나는 오늘도 모두가 편하고 즐거울 방법을 연구 중이다.

남의 행복은 관람한다

나의 자산 상황은 결혼 초기보다 훨씬 좋아졌다. 대중이 일반적으로 생각하는 부자는 자산 규모 100억이라는데, 나는 그 기준에 턱없이 미치지 못하지만 스스로 부자라고 생각한다. 이유는 모르겠는데 주변 지인들도 점점 부유한 사람이 많아졌다. 가끔 친구 집에 놀러 갔다 오면 부럽고 우리 집이 상대적으로 초라해 보여 '앞으로 그 집에 가지 말까'하는 생각도 했다. 하지만 행복에 관한 나의 자부심에 상처를 입는 것 같아 생각을 바꿨다. 미술관에서 그림을 보듯 남의 행복도 관람하기로 했다. 루브르 박물관의 '모나리자'가 마음에 든다고 살 수는 없는 것 아닌가. 그렇게 생각하니 남의 행복이 내 안목을 높이는 데 도움이 되었다.

이런 에피소드도 있었다. 집에서 2년 넘게 사용하던 인터넷과 TV 약정이 끝나 연장을 해야 하는 시점이었다. 약정이 끝날 무렵 타 인터넷업체와 계약을 할 것처럼 이야기하면 기존 업체에서 상품권을 챙겨준다는 이야기를 어디선가 들었다. 전화를 걸어 상담원과 대화를 나눴다. 그리고 5만 원 상품권을 받았다. 너무 신이 나서 개선장군처럼 아내에게 자랑했다.

"봄보야, 봤냐? 내가 5만 원이나 받아냈다."

"뭐야! 유희는 40만 원 받았대! 아까 보니까 오빠가 계속 네! 네! 하고 있더구먼. 오빠가 상담원인 줄….."

40만 원이라…. 역시 난 호구였다. '그래도 5만 원이 어디서 거저 생기나? 남의 40만 원보다 내 5만 원이 중요하지.' 그렇게 생각하니 또 행복했다.

공개적으로 칭찬한다

나는 칭찬을 자주 하는 편이다. 요즘 주영훈 형에게 많은 것을 배운다. 〈새롭게 하소서〉의 메인 MC인 형은 정점을 찍고도 오랫동안 활동하는 멋진 사람이다. 패션 감각도 뛰어나고, 대인관계도 좋고, 통찰력이 있다. 나와 별자리도 같아서인지 성향이 비슷하고, 마음도 잘 통한다. 어느 날 분장실에서 형에게 이야기했다.

"형, 나는 형한테 영향을 많이 받아요. 형의 진행 방식을 보고 방송 진행도 많이 배웠어요. 심지어 형이 제모했다는 이야기를 듣고 나도 한번 해봤다니까요."

내 말에 형이 흐뭇해했다. 평소 무뚝뚝한 형은 흐뭇한 표정을 잘 짓지 않는데, 그날은 나를 흐뭇하게 바라봤다. 역시 칭찬은 말로, 직접적으로, 구체적으로 해야 효과가 좋다.

나는 사람들이 많을 때 공개적으로 칭찬한다. 아이들에게도, 아내에게도 그렇게 한다. 일부러 SNS에 공개적으로 올리기도 한다. 그러면 우리끼리 할 때보다 훨씬 효과가 좋다. 어차피 칭찬은 상대를 인정하고 기분을 좋게 하기 위한 것이니까 그 기분이 극대화되도록 하면 좋지 아니한가!

불행한 순간에도 셀카를 찍는다

사람들은 보통 즐거울 때나 본인이 예쁘다고 생각할 때 셀카를 찍지만, 나는 화가 나거나 급할 때도 찍는다. 화나고 급한 순간도 내 소중한 일상 중 하나이니 말이다. 화가 나는 상황에서 셀카를 찍으려고 휴대폰을 꺼내는 순간 얼굴이 그 상황을 말해준다. 그런데 그런 내 모습을 보면 웃음이 난다. 덕분에 화도 가라앉고 급한 마음도 조금 느긋해진다.

하루에 셀카를 120장 남짓 찍는다. 하루 중 하이라이트 순간을 기억하고 싶어서다. 사진에는 희로애락이 담겨 있다. 그 순간순간을 한 달쯤 후에 일기처럼 정리한다. 그때가 되면 희로애락이 아니라 희희낙락으로만 보인다. 이런 반복이 결국 삶을 대하는 자세를 바꿔놓았다. 시간이 지나면 모두 다 웃긴 에피소드에 불과할 뿐이다.

시선을 넘나든다

외국인이 우리나라 문화 중에 굉장히 독특하다고 생각하는 부분이 있다. 눈치다. 우리는 익숙한데 그들 눈엔 신기한가 보다. 보통 사회생활을 할 때 눈치가 없으면 욕을 먹는다. 그런데 그 중요한 눈치를 가르쳐주는 곳은 없다. 줄넘기도 돈 주고 배우는 사교육 왕국인데 눈치를 배울 수 있는 곳은 눈 씻고 찾아봐도 없다. 나는 둘째라서 그런지 눈치가 좀 있었다. 그러다가 개그맨을 하면서 급격히 늘었다. 눈치가 언제 가장 느는 줄 아는가? 사선을 넘나들 때다. 사선이라 함은 실수하면 안 되는 장소를 말한다. 내 경우 관공서 행사와 결혼식이다. 대학 축제 같은 즐거운 행사에서는 실수를 해도 크게 티 나지 않는다. 하지만 엄숙한 곳에서 실수를 하면 얘기가 달라진다. 다시는 그곳에 일하러 못 가게 될 수도 있다. 실수를 하지 않으면서 웃기기까지 해야 하는 나는 당연히 눈치가 늘 수밖에 없다. 웃기려면 상대를 살살 건드려야 하는데, 이게 여차하면 분위기가 썰렁해진다. 그러면 망한 것! 그런 사선을 많이 넘었더니 눈치 100단이 됐고, 그래서 지금은 강의하러 갈 때 원고 준비도 안 한다. 아니, 원고를 준비하는 것이 무의미하다. 사람들은 자기가 듣고 싶은 이야기를 듣는 것을 좋아하는데, 준비한 원고를 말하면 오히려 마이너스다. 그래서 나는 현장 분위기를 재빨리 파악하고 무슨 이야기를 할지 정한다. 그러니 얼마나 눈치가 빨라야 하겠는가! 무대에 오르면 객석에 앉은 사람들의 표정이 다 보인다. 한 번 싹 스캔을 하며 연령대부터 관심사, 기대치 등을 예측한다. 눈치 있는 사람이 되고 싶다면 사선을 많이 넘나들어보길 강력 추천한다.

이웃과 친하다

이른 아침, 아무 예고도 없이 파자마 차림으로 벨을 누르는 사이. 나에겐 가족보다 편한 이웃이 많다. 이웃집에 놀러 가면 아이들끼리 놀기 때문에 어른들은 따로 시간을 보낼 수 있다. 음식도 종류별로 주문해서 다양하게 먹는다. 비용을 나눠 내면 되니 크게 부담되지 않는다. 요즘처럼 맞벌이도 많고 아이 키울 때 손이 많이 가는 시기에 도움을 주고받으면 육아가 수월해진다. 혼자 속앓이하던 문제도 여러 사람의 이야기를 듣다 보면 금세 답을 찾을 수 있다. 욕하고 싶은 사람이 있으면 단체로 위로하고 욕도 해주니 속이 배로 후련하다.

이웃들과 단체로 여행을 가면 이보다 편할 수가 없다. 마치 회사처럼 각자 잘하는 일을 맡아 체계적으로 진행하기 때문이다. 검색을 잘하는 사람은 휴가지나 맛집 정보를 모으고, 최저가를 잘 찾는 사람은 비용을 아끼고, 비교를 잘하는 사람은 더 나은 혜택이 없는지 궁리한다. 또 아이들과 잘 노는 사람은 아이들을 전담하고, 요리를 잘하는 사람은 그 사이에 음식을 만든다. 이런 이웃들이 내 주변에 정말 많다. 그러니 혼자 고립돼서 울적할 틈이 없다.

최악의 결말을 떠올린다

나에겐 독특한 버릇이 있다. 어떤 상황에 처했을 때 그 상황에서 일어날 수 있는 최악의 결말을 떠올려본다. 상상 속 결말은 잔혹하기도 하고, 무섭기도 하고, 슬프기도 하다. 하지만 이런 상상 속 상황은 지금까지 단 한 번도 실제로 일어나지 않았다. 대부분 일어날 가능성이 현저히 떨어지는, 터무니없는 상상이기 때문이다. 재밌는 건 나의 이런 극단의 상상력이 행복해지는 데 꽤 도움이 된다는 사실이다. 어떤 일이 일어나기도 전에 최악의 상황을 떠올리다 보니 언제부턴가 상상처럼 되지 않기 위해 노력을 하게 됐다. 죽지 않기 위해 병원에 자주 가고, 약도 잘 챙겨 먹으며 운동도 꼬박꼬박 하고 있다. 잠은 늘 일곱 시간을 채우려고 노력하고, 레포츠를 즐기면서도 다칠 위험이 있는 무리한 행동은 하지 않는다. 이런 탓에 고난도 레벨까지 못 간다는 단점은 있다.

우리 부부가 사는 모습을 보면 이혼은 상상할 수도 없을 것이다. 아내와 약간의 트러블이 있을 때 나의 상상력은 빛을 발한다. '이렇게 트러블이 생기다가는 결국엔 이혼이다.' 엄청난 문제가 아닌데도 내 상상은 이렇게 걷잡을 수 없이 흘러간다. 상상 속에서 나와 아내는 이혼만 천 번은 한 것 같다.(이건 〈사랑과 전쟁〉 장기 출연으로 인한 후유증이 아닌가 싶기도 하고….) 실컷 상상하고 나면 현실 속 결말은 늘 같다. 나는 오늘도 이혼하지 않기 위해 노력 중.

그럴 수 있다

나는 웬만해선 놀라지 않는다. 평상심을 잘 유지한다. 어떤 사건이 발생해도 '그럴 수 있지 뭐~ 이 정도는 다 예상했지!'라며 마치 내가 대단한 예언자가 된 것처럼 마인드 컨트롤을 하며 혼자 우쭐해하기도 한다. 한번은 일곱 살 딸이 설날에 친척 오빠와 놀다가 뒤로 넘어져서 머리가 찢어졌다. 중학교 1학년인 그 친구는 힘 조절이나 주의력 면에서 일곱 살 아이의 안전을 걱정할 필요가 없다고 생각했을 거다. 이 사고로 딸아이는 일곱 살 평생 처음으로 머리에서 피가 났고, 네 바늘이나 꿰맸다. 약간 놀라긴 했지만 그럴 수 있는 일이라고 생각했고, 그 친구를 꾸짖거나 부모에게도 화내지 않았다. 덕분에 그 난리 속에서도 설날이 잘 마무리되었다. 만약 그 자리에서 내가 화를 냈다면 어땠을까? 대한민국 최대 명절에 온 가족이 얼굴을 붉히는 난감한 상황을 마주해야 했을 것이다.

사람은 당황하고 놀라면 필요 이상으로 감정이 폭발할 때가 있다. 그 때문에 또 다른 원치 않는 상황에 맞닥뜨리기도 한다. 나중에 뒤돌아보면 그럴 필요까진 없었는데, 싶은 순간 말이다. 살면서 평상심만 잘 유지해도 난감하거나 불행한 일을 줄일 수 있다.

내가 결정한다

누구에게나 인생은 한 번뿐이다. 하지만 우리는 이 한 번뿐인 삶을 자신의 의지대로 살지 못하고 남에게 휘둘리는 경험을 자주 한다.

운전을 하다 보면 돌발 상황과 마주하게 되는 경우가 종종 있다. 예를 들어, 즐거운 기분으로 운전을 하고 있는데 갑자기 깜빡이도 안 켜고 다른 차가 훅 끼어들었다고 가정해보자. 먼저, 깜짝 놀라서 급브레이크를 밟게 될 것이다. 그러나 당황한 그 짧은 순간이 화로 번지기까지는 몇 초도 걸리지 않는다. 난생처음 본 사람이 내게 던진 불행이라니! 대부분의 사람은 경적을 울리거나 차창을 내리고 항의를 한다. 여기서 좀 더 오버하면, 신호에 걸린 사이 차에서 내려 앞차로 쫓아가기도 한다. 최악은 다음 날 아침 뉴스에 나오는 경우다.

하지만 나는 마음을 가다듬고 이렇게 생각해본다. '내 뛰어난 운동신경 덕에 차를 세웠고, 다행히 네 차를 박지 않았어. 나한테 고마워해라. 꼬맹이! 앞으로 운전 조심하고! 나 아니었으면 큰 사고 났어, 인마! 네 차가 고급 차라서 이러는 거 아니다! 내 행복한 시간을 방해하는 걸 보고만 있지 않으려는 거야!' 인상을 쓰거나 소리를 지르거나 욕을 하는 대신 이렇게 차 안에서 퍼붓고 다시 기분 좋게 가던 길을 간다.

내가 내 삶의 주인이라는 것은 이런 것이다. 행복과 불행마저도 내가 결정하는 것. 나는 이왕이면 긍정적인 방향으로 결정을 내리기로 했다.

가볍게 부드럽게 웃기게

사람과 사람 사이에 하고 싶은 말을 하지 못하면 스트레스가 쌓인다. 내 경우에는 친한 사람들에게 하고 싶은 말을 거의 다 하는 편이다. 심지어 하고 싶은 말이 있어서 친해지기도 한다. 이렇게 쓰니 내 성격이 괴팍한 것처럼 보일 것도 같은데 할 말은 다 하되, 정색하고 돌직구를 던지는 게 아니라 해야 할 이야기에 위트를 섞어서 부드럽게 전하는 편이다. 강연할 때도 마찬가지다. 강연을 하다 보면 '네가 얼마나 잘하는지 보자! 그래서?' 하는 눈빛으로 팔짱까지 끼고 삐딱하게 쳐다보는 사람들이 있다. 그 수가 많다면 나와 내 강연에 문제가 있는 것이지만 다행히도 아주 가끔 있다. 어쨌든 그런 사람이 있다면 강연을 하는 입장에서는 상당히 불편한 일이다. 그래서 많은 강사들이 이런 상황을 모른 척 외면해버린다. 자기 할 말만 하는 거다. 그런데 나는 굳이 그 사람에게 말을 걸어본다.

"괜찮으세요? 화나신 거 아니죠?"

"혹시 언짢은 일 있으면 제가 사과드릴게요."

"왜 그러세요? 빨리 〈미스터트롯〉 가수 보고 싶은 거죠? 아, 진짜 너무하세요!"

대부분의 경우 이렇게 가볍게 이야기를 던지면 팔짱을 푸는 것과 동시에 경계심도 누그러지기 시작한다. 불편한 상황에 상대가 불쾌하지 않을 위트를 던지기란 쉽지 않다. 하지만 함께 자리한 다른 사람들을 위해서, 내 시간을 위해서 노력해보는 것이다. 진지해지면 말하기 힘든 이야기도 유머와 위트를 섞으면 잘할 수 있으니 말이다.

가벼운 엉덩이

나는 아주 가벼운 엉덩이를 가졌다. 내 엉덩이는 심부름에 특화되어 있다. 어릴 때부터 일곱 살 많은 형의 스파르타 훈련을 잘 이겨낸 까닭이다. 다시 한번 형에게 감사의 말을 전하고 싶다. 이런 가벼운 엉덩이는 아이 키울 때도 참 유용하다.

아이를 키우다 보면 마음 놓고 쉴 수 있는 시간이 잘 나지 않는다. 잠자리에 드는 밤에도 그렇다. 별다른 이유 없이 새벽에 깬 아이가 나를 괴롭히는 일은 다반사다. 우리 딸 리예도 그런 적이 많았다. 그러면 아내는 다시 자라고 토닥토닥해준다. 나도 그러고 싶지만 내 가벼운 엉덩이는 벌써 공중에 떠 있다. 후딱 일어나서 아이에게 물 주고, 화장실에도 다녀오고 하면 곧 다시 잠이 든다. 외출했을 때도 아이가 갑자기 화장실 가고 싶다고 하면 내 엉덩이는 벌써 공중에 떠 있다. 즉시 딸을 안고 냅다 화장실로 뛰어간다. 아내와 집에서 쉬고 있다가도 딸아이 하원 시간만 되면 자동으로 옷을 입기 시작한다. 우리 집에서는 육아 눈치 싸움이 거의 일어나지 않는다. 나의 가벼운 엉덩이 덕에 우리 가족 모두 행복하다.

기분 좋게 맞춰준다

아내는 중요한 결정을 갑자기 툭 해버린다. 잘 지내다가 어느 날 "우리 이사 가야겠어!"라며 가족 대이동을 결정하고, 옮긴 유치원에 아이가 적응하고 좀 편해지려는 찰나 "영어 유치원에 보내야겠어!"라고 한다든지, 내 일정은 묻지도 않고 "내일 놀러 가자" 뭐 이런 식이다. 하지만 아내의 요구를 거절한 적은 거의 없다. 쿨하게 "그래, 그러자!"라고 한다. 그리고 최대한 빨리 그것을 안정적으로 현실화할 수 있는 방법을 찾는 게 내 일이 되었다. 물론 처음부터 그랬던 건 아니다. 예전엔 아내의 돌발적인 결정에 반기를 들기도 했지만 결과적으로 아내의 논리와 설득, 감정에 호소하는 표정에 반박할 수 없었다. 차라리 기분 좋게 결정하고 실패하지 않도록 노력하는 것이 최고의 흑자 경영이라는 걸 알게 되었다. 이사하는 김에 대청소 한번 하고, 유치원이야 새로운 환경에서 더 많은 친구를 사귀는 기회로 삼으면 되니 말이다. 놀러 가야 한다면 일을 미리 해두거나 문제가 될 일정을 변경하면 된다. 어쨌든, 결정 장애로 제자리걸음만 하는 것보다 백번 나은 일.

빨리 고백한다

부부 싸움을 자주 하진 않지만, 기분이 상한 적은 꽤 있다.
그런데 부부 사이에 기분이 상하면 뻔한 대화가 오고 가기 마련이다.

"화났어?"

"아니, 화 안 났어. 괜찮아….'"

"화난 것 같은데?!"

"아니야, 화 안 났어….'"

이런 식으로 말이다. 기분 나쁜 걸 인정하면 자존심이 상해버리니 말을
안 하는 사람도 있지만, 나는 바로 말하는 편이다.

나는 영양제를 잘 챙겨 먹는다. 반면 아내는 못 챙겨 먹어서 내가
따라다니며 챙긴다. 그런데 식후에 먹으라고 놓아둔 비타민도 잊어먹고
안 먹을 때가 있다. 그럴 때는 솔직히 맘이 상한다.

'내가 다시 챙겨주나 봐라. 내 몸이냐 네 몸이지. 너는 왜 그렇게 자기
건강도 안 챙기니?' 이런 마음이 들게 마련이다. 나는 꽁해 있기보다
이렇게 말한다. "요즘에 비타민 안 챙겨 먹는 사람이 있더라?" 당연히
아내 들으라고 하는 소리다. 그러면 아내가 미안해하며 먹는다.

다른 일로 기분이 상했을 때도 속상한 기분을 바로 말해버린다.

"OOO해서 기분이 좀 상했어!"

그러면 아내도 미안하다며 토닥토닥해준다. 낯이 두껍지는 않은데,
이런 말은 진짜 잘한다. 그래서 꽁하고 있는 시간이 상당히 짧다.

파도 타듯 넘긴다

결혼 전 내 말투는 부러질 듯 딱딱한 느낌이 강했다. 종종 대화를 나누던 상대방이 화난 거냐고 물을 정도였다. 인상이 강한데 말투마저 차가워 오해를 많이 산 시기였다. 그랬던 나의 화법은 결혼하고 아이가 생기면서 많이 달라졌다. 주 양육자가 되어 아이와 함께하는 시간이 길어지니 모난 말투가 다듬어지기 시작했다. 내 말투가 부드러워진 데는 또 다른 환경적 요인도 있다. 바로 아이를 통해 알게 된 엄마들이다.

대부분의 가정은 주 양육자가 엄마다. 그리고 육아하는 엄마들 무리에 아빠가 끼어들기란 쉬운 일이 아니다. 놀이터에만 가도 엄마들 텃세가 있다. 나는 딸아이와 놀아주고 싶고, 놀이터에서 다른 친구들과 어울리게 해주고 싶은데 엄마들은 남자인 내게 경계심을 드러냈다. 물론 당연한 일이다. 그래도 그 속에 들어가야 하니 철판을 깔고 한껏 스위트하게 수다를 떠는 수밖에 없었다. 그랬더니 엄마들이 날 점점 편하게 여기기 시작했다. 처음에는 삐거덕거리던 나의 '부드러운 말투'는 엄마들과 친분이 쌓이면서 점점 완벽해졌다. 이렇게 익힌 부드러운 말투는 좋은 점이 참 많다. 특히 어떤 문제든 파도를 타듯 넘어가는 엄마들만의 기술이 숨어 있는데, 돈 주고도 배울 수 없는 이 기술은 일상생활에서 일어나는 많은 문제를 해결해준다. 우리가 살면서 겪는 수많은 문제 중 대부분은 사실 별것 아닌 해프닝인 경우가 많다. 이런 문제들까지 정면 승부하다가는 사는 게 피곤해지고 빨리 지칠 수밖에 없다. 넘어가도 될 문제는 그냥 넘겨보자. 부드러운 몇 마디 말로 말이다.

대게 맛을 알았다

어릴 때는 가정 형편 때문에 외식은 주로 중국집에서 했다. 돼지갈비가 세상에서 제일 맛있는 고기인 줄 알았다. 이런 나의 식견(食見)은 한 끼를 먹어도 맛있는 걸 먹어야 하는 아내를 만나고 달라졌다. 아내는 틈만 나면 맛집을 검색한다. 나는 그저 따라갈 뿐이다. 랍스터도 아내를 만난 뒤 처음 먹어봤다. 데판야키는 무척 황홀했다. 눈앞에서 펼쳐지는 화려한 퍼포먼스와 즉석에서 조리한 음식은 미각 레벨을 올려주었다. 나는 소곱창에 괜한 적대감이 있었다. 어머니에게 들은 말 때문인 것도 같다. 어머니는 소곱창을 두고 "그 비싸고 맛도 없는 걸 왜 먹냐? 돼지곱창이 훨씬 맛있다"라고 하셨다. 아내를 만나 소곱창 맛집을 다녀보니 맛있었다. 그래서 굳이 거절하는 어머니를 모시고 소곱창을 먹으러 갔는데 너무 맛있게 드셨다. 그러고는 나지막이 말씀하셨다. "나 사실 소곱창을 더 좋아한다." 비싸서 못 먹는 것인데 맛없어서 안 먹는 것처럼 생각했다. 회를 숙성해서 먹을 수 있다는 것도 아내를 만난 뒤 알게 되었다. 게맛살과 똑같은 맛인데 비싼 돈 주고 대게를 왜 먹나 했던 의심의 눈초리는 대게에게 진심으로 사과하며 거둬들였다. 먹는 재미를 알게 해준 아내에게 감사하다. 식도락이라는 말이 괜히 있는 게 아니었다. 입맛을 깨우는 것도 행복의 한 방법. 입맛이 고급스러워지니 돈이 벌고 싶어졌고, 목표가 생겨 힘이 났고, 돈 번 상상을 하니 또 행복했다.

놀지 않고 일만 할 수는 없지

　　　　결혼 전에는 여행을 좋아하지 않았다. 좋아하지

않았다기보다 돈이 아까워 못 갔다. 돈은 계속 없었고, 나는 여행의

재미를 계속 알 수 없었다. 그런데 아내는 중요한 일이 끝나면 늘

여행을 계획한다. 고생한 자신에게 주는 일종의 상이라고 했다.

그동안 쌓인 긴장을 푸는 의미인 것도 같았다.

결혼 후 함께 여행을 다니면서 그곳에서만 느낄 수 있는 감정이

있다는 것을 알았다. 여행이 주는 생소한 감정이 차곡차곡 쌓여

평범한 일상과 무덤덤해진 부부 관계에도 활력을 불어넣었다.

돈은 들지만 덕분에 돈을 벌고 싶은 의지도 생겼다.

이제는 잘 놀기 위해 열심히 일한다. 앞으로는 놀지 않고 일만 할 수는

없을 것 같다. 예전엔 워커홀릭이었는데 말이다. 놀아본 사람이 놀 줄

안다고, 놀아보고 나니 노는 데 재미를 붙인 셈이다.

내 손바닥 안에 둔다

큰딸은 네 살 무렵에 기저귀를 뗐다. 기저귀를 떼자 내 손이 가벼워졌다. 외출할 때 물티슈, 휴지, 여분의 옷을 안 들고 나갈 수 있게 되었다. 해방이라도 된 것 같은 기분이지만, 그러나 이 시기의 아이들은 그리 호락호락하지 않다. 마트에 들어가기 앞서 화장실 갈 거냐는 물음에 안 간다고, 괜찮다고 대답한 아이는 왜 꼭 한창 장을 보고 있을 때 화장실이 가고 싶어지는 걸까. 열이 올라온다. 하지만 당황하지 않는다. 예상했기 때문이다. 별일 아닌 것처럼 장 보던 카트를 입구에 던져놓고 아이를 들고 뛴다. 다시 매장으로 돌아와 장을 보다 보면 이번엔 장난감을 사달라고 울고 불고 난리가 난다. 하지만 당황하지 않는다. 이 또한 예상했기 때문이다. 이미 금액까지 정해뒀다. 안 사줄 것 같았으면 장난감 코너 근처에 가지도 않았을 것이다. 식당에 가서 주문한 음식이 나오면 그걸 안 먹겠다고 한다. 이때도 물론 당황하지 않는다. 그래서 내 것도 아이가 먹을 수 있는 걸로 골라뒀으니 괜찮다. 이쯤 되면 달인 같다. 삶은 체스 같다. 상대가 어떻게 나올지 한두 수 앞을 예상하고 있으면 상대의 공격에 그러려니 하게 된다. 내 수대로 두면 그만이다.

사랑하는 사람을 살핀다

기분이 좋으면 목소리 톤이 올라가게 마련인데 우리
부부는 평소 목소리 톤이 높다. 혀가 반 정도 토막 난 사랑스러운
말투다. 하지만 뭔가 귀찮은 부탁을 하려고 할 때는 살짝
진지하면서도 톤이 두 단계 정도 내려온다. 미안한 마음이 듬뿍
담겨 있다. 부탁을 들어주겠다고 하면 바로 정상 톤으로 돌아온다.
그리고 계획이 틀어져도 목소리 톤이 변한다. 타임테이블을 잘 짜는
아내의 머릿속에는 시간마다 계획한 동선이 있다. 그런데 그 시간에
예상치 못한 일이 생기면 목소리 톤이 낮아진다. 그러면 '아차, 이게
아니구나?!' 하고 계획을 재빨리 바꾼다. 그 후 아내의 계획대로
실행한다. 아내도 내 목소리를 잘 살핀다. 아내는 평소 내게 옷과
신발을 잘 사준다. 내가 패션에 관심이 없지만 나름의 취향이 있긴
하다. 그런데 솔직한 심정을 말하면 선물한 사람의 마음이 상할 것
같아 무조건 마음에 든다고 한다. 하지만 역시 평소의 목소리가
아니다. 아내는 그걸 알아채고 바꿀지를 묻는다. 나는 못 이기는
척 "그럴까?" 하며 동조한다. 어쩌면 이건 내 장점일 수도 있지만,
운이기도 하다. 아내가 감정을 잘 숨기는 사람이었다면 아내의 속내를
알아내기 위해 에너지를 많이 써야 했을 거고 상당히 피곤했을 거다.
하지만 아내는 뭐든 얼굴에 티가 많이 나는 편이다. 이렇게 서로의
감정을 읽으니 상대방의 감정을 알기 위해 에너지를 낭비하지 않아도
된다. 덕분에 상당히 편하게, 행복하게 산다.

더한 것을 겪으면 다 쉽다

요즘 초등학생은 하교 후 학원을 참 많이 다닌다. 그중 통원 버스가 있는 곳도 있고, 없는 곳도 있다. 많은 아이가 태권도장에 가는데, 리예는 태권도를 배우지 않겠다고 해서 어쩔 수 없이 통원 버스가 없는 곳은 내가 라이딩을 해야 했다. 리예를 학원에 데려다주고 거기서 글을 쓰며 기다리면 되니까 시간을 유용하게 쓸 수 있었다. 그런데 어느 정도 시간이 지나니 라이딩하는 것도 힘들다는 생각이 들었다. 아이 학원에 가기 위해 시간을 맞춰야 하고, 기다렸다가 데려 오고…. 라이딩 권태기가 왔달까? 그런데 '라태기'가 왔을 때쯤 둘째 로이가 태어났다. 로이의 주 양육자가 바로 나다. 아무리 내가 '육테랑'이라고 해도 역시 육아는 어려운 것이다. 말이 전혀 안 통하는 직장 상사를 만난 기분이랄까?! 이렇게 어려운 환경에 처하고 나니 리예의 학원 라이딩이 즐거워지기 시작했다. 합법적으로 눈치 안 보고 로이를 맡기고 밖으로 나갈 수 있는 시간이니 말이다. 리예를 태우고 학원에 갈 때마다 너무 신이 난다. 라태기? 바로 없어졌다. 그래서 이런 생각을 해봤다.

'지금 힘든 것은 더 힘든 상황을 안 겪어서일 수도 있다?!'

그 덕분에 힘든 순간도 행복의 도구가 될 수 있다는 것을 알게 됐다.

여행 가기 전에는 무조건 인내심

여행 가기 전날, 설레는 마음으로 잠이 든다. 설레어서 그런지 아침 일찍 눈이 떠진다. 그리고 준비를 한다. 내가 좋아하는 물놀이용품, 보드게임 등을 비롯해 둘째 로이에게 필요한 것들을 한 보따리 챙긴다. 아내는 사진 찍을 때 필요한 옷을 식구별로 맞춰 정리하고 상비약도 잊지 않는다. 우리 가족은 여행을 자주 다녀서 분업이 잘되어 있다. 그런데도 여행 가기 전날이면 신경이 날카로워진다. 여덟 살이면 이제 다 컸는데 부탁하는 것을 챙기지 않고 느릿느릿 준비하는 리예, 옷을 저렇게 많이 챙길 필요가 있나 싶은 마음에 아내를 보며 꿍하는 나, 아내는 아내대로 나를 보며 '왜 저 사람은 손이 놀고 있지?'라는 생각에 화가 올라오는 것 같다. 하지만 거기까지! 우리는 절대 이 선을 넘지 않는다. 터질 것 같은 쓰레기봉투에 꽉 눌러 담듯이 감정을 담아둔다. 그리고 차에 탄다. 하지만 감정이 기계처럼 온·오프가 될 리 있나. 꾹꾹 눌러 담은 쓰레기봉투는 조금만 더 넣으면 터진다. 그럴 때 또 인스타 자랑용 출발 셀카를 찍는다. 모두 (억지로라도) 최선을 다해 웃는다. 그리고 음악을 틀고 신나게 출발하는 동영상을 찍는다. 그러다 보면 꾹 눌러 담아두었던 감정이 어느덧 사르르 사라진다. 그렇게 웃으며 출발한다. 여행은 출발할 때 웃고만 있어도 반은 성공! 화내며 하는 여행은 돈 쓰고 시간까지 버리는 많이 이상한 짓이다.

노 록 패스

사람은 유전학적으로 서로 다른 유형의 사람을 배우자로 선택한다고 한다. 그러니 결혼을 하면 서로 부족한 부분을 채워주는 환상의 팀이 완성되는 거다. 그런데 대부분의 사람은 그 다름 때문에 힘들어하기도 한다. 지금 우리 가족은 팀워크가 좋지만 처음엔 너무 달라서 좀 당황했다. 기본적으로 아내는 저녁형 인간이고 나는 아침형 인간이다. 그래서 아내는 밤늦게까지 놀고 싶어 하고, 나는 일찍 자고 싶어 한다. '왜 밤에 놀고 싶어 할까?' '왜 안 놀아주고 일찍 자려고 할까?' 서로 불만이 쌓여가던 차에 내가 일찍 자야 하는 아이들을 재우고 아내를 밖에 나가 친구들과 놀도록 배려하니 서로의 불만이 사라졌다. 아내의 직업은 누군가를 예쁘게, 또 잘생겨 보이도록 준비해주는 스타일리스트다. 그래서 아내는 내가 잘 입고 다니도록 신경 써준다. 하지만 나는 연예인임에도 꾸미는 데 서툴고 관심도 적다. 패션의 완성이 얼굴이라고 하니, 그냥 얼굴만 챙긴다. 그래서 보다 못한 아내가 머리부터 발끝까지 풀 착장으로 선물을 해준다. 그대로 입기만 하면 된다. 이렇게 아내와 나는 각자 잘할 수 있는 것을 하면서 상대를 돋보이게 만들어주며 팀워크를 다져왔다. 그렇게 완성된 우리 집의 아침 풍경은 최고의 팀 플레이를 보여준다.

아침에 딸이 일어나면 아침형 인간인 내가 식사를 준비한다. 그리고 가방을 챙긴다. 아내가 뒤늦게 일어나서 딸에게 옷을 입혀주고 머리를 정리해준다. 나는 그 사이에 밖으로 나갈 준비를 한다. 그리고 거실로 나오면 딸이 화장실에 가서 양치와 세수를 하고 온다(보통 양치와 세수를 한 후 옷을 입고 머리를 빗지 않는가? 맞다. 그런데 리예는 반대로 한다). 그럼

나는 로션을 발라주고 데리고 나간다. 딱딱 맞는다. 이런 팀워크가 생활 전반에 깔려 있어서 생활 속 '노 룩 패스'도 많다. 당연히 할 걸로 믿고, 당연히 되어 있는 경우도 많다. 결혼 생활도 일종의 단체 생활인데, 팀워크가 좋으니 일상이 편하다. 원래 잘 못하는 것을 상대에게 잘하라고 다그칠 필요가 없다. 잘하는 것을 더 잘하게 해주면 된다.

나아지고 있다

처음 결혼했을 때 보증금 3,000만 원, 월세 100만 원 하는 21평 집에서 신혼 생활을 시작했다. 전 재산이 3,000만 원뿐이었으니 말이다. 본가에서 지원해줄 형편도 아니었고, 내 신용도로는 전세 자금 대출이 안 되었다. 그래서 그 집이 최선의 선택이었다. 그리고 2년 후 전세 1억 원 하는 인천의 42평 아파트로 이사를 갔다. 당시 융자가 70%가량 있는 집이라 전세금이 상대적으로 저렴했다. 그로부터 2년 후 바로 옆 동의 전세 1억5,000만 원인 42평 아파트로 다시 이사했다. 그렇게 4년을 강남과 인천을 오가며 일하던 아내가 힘들어서 더 이상 못 하겠단다. 결혼할 때보다 내 벌이가 많이 좋아진 상태여서 과감하게 서울행을 결정했다. 집 크기는 한번 키우면 줄이기가 쉽지 않다. 그래서 서울에 있던 아내의 사무실을 정리하고 집으로 합치면서 보증금 5억 원, 반전세로 한 달에 170만 원을 내는 42평 아파트로 이사를 갔다. 다시 2년 후, 전세 보증금 6억 원 하는 근처 빌라로 옮겼다. 여기에서 놀라운 변화가 있었다. 부동산 계약을 할 때 처음으로 내가 계약자가 된 것이다. 이전에는 내 신용도가 낮고 벌이도 시원치 않아 쭉 아내 명의로 계약을 했는데 말이다. 그사이에 내 신용도가 올라 계약자가 될 수 있었다. 아무것도 없이 사랑만으로 시작해서, 사랑을 유지하려고 노력한 결실이 눈에 보이니 또 사랑하고 행복지기 위해 노력하지 않을 수가 없다. 잘 살펴보면 우리는 매일 나아지고 있다.

CHAPTER 3

나 때문에 산다

상처는 꼭꼭 씹어 먹는다

남자가 운동을 잘하면 멋있어 보인다. 반대로 멋있어 보이는 사람은 운동까지 잘할 것 같다. 원빈, 현빈, 정우성 등등. 하지만 나는 어릴 때부터 멀쩡하게 생겨서 운동을 못한다고 놀림을 상당히 많이 받았다(이분들 뒤에 절 붙여서 죄송합니다). 축구를 할 때면 하프라인에서 캐논 슈팅을 할 것 같은 우람한 허벅지를 가진 덕분에 친구들이 최전방 공격수를 맡겼지만, 경기 시작 후 최단 시간에 교체되는 수모를 겪기도 했다.

중학교 시절 체육 시간이었다. 핸드볼을 하는데, 친구들이 내게 골키퍼를 하라고 했다. 대량 득점을 하기 위한 꼼수였다. 당시 나는 공이 너무 무서워서 내 쪽으로 날아오면 바로 피했다. 골키퍼가 없는 것보다 점수가 더 났다. 이렇게 어릴 때부터 당한 놀림과 수모 덕에 지금은 사람들이 '무'에 가까운 내 운동신경을 뭐라 하든 꿈쩍도 하지 않는다. 상처라기보다 그냥 웃기는 일이다. 사실 이런 과거가 적어도 한두 개는 있기에 개그맨들의 정신력이 강해지는 거라고 볼 수 있다. 어릴 때부터 놀림을 많이 받았지만, 그것을 상처로 남겨두지 않고 껌처럼, 고기처럼 씹어 먹으면서 자라나는 것이다. 이렇게 자란 어른은 웬만한 상처는 다 씹어 먹어버린다.

부러우면 따라 한다

"부러우면 지는 거다." 누가 만들었는지 모르지만, 우리나라 사람의 성향을 잘 표현한 말이라고 생각한다. 세상을 살다 보면 부러운 사람이 생길 수도 있는데, 거기에서 느끼는 감정을 진다고 표현하니 말이다. 하지만 나는 진다고 생각하지 말고 마음껏 부러워하라고 말하고 싶다. 누군가를 부러워한다는 것은 내가 그렇게 되고 싶다는 뜻이기도 하다. 그것을 인정하고 그렇게 되기 위해 노력한다는 건 긍정적인 일이니까. 인생의 롤모델이 생겼다고 생각하면 나쁠 것 하나 없다.

사람은 잘 변하지 않는다. 특히 잔소리와 같은 외부의 압력으로 변하기는 쉽지 않다. 그래도 방법은 있다. 스스로 변하고자 마음먹는 것이다. 나도 얼마 전에 '변화'했다. 5년 가까이 유지해온 헤어스타일을 바꿨다. 우연히 미용실 앞에서 얼굴 천재 차은우의 등신대 입간판을 봤다. 나의 20대 시절 헤어스타일 같기도 한 그 스타일이 마음에 들었다. 그래서 머리카락을 길러 미용실에서 스타일링을 받았다. 그 후 친한 동생을 만났는데, 이런 말을 들었다.

"오빠! 정호근 닮았어요!"

"아… 그 신내림 받으셨다는… 그분? 사실 이 머리는… 차은… 아니다."

딱히 아름다운 결말은 아니었다.

세상에 부러운 일은 참 많다. 부러운 게 하나 생길 때마다 진다고 생각한다면 우리는 오랜 시간 패배자로 살아야 할 것이다. 부럽다면 따라 하라. 닮기 위해 노력하라. 행복한 가정이 부러우면 가족을 위해 서로 배려하는 모습을 따라 해보고, 서로 사랑하는 부부가 부럽다면 상대를 먼저 생각하는 마음을 닮기 위해 꾸준히 모방하면 된다.

인정하면 괜찮아진다

신앙이 생긴 뒤 가장 먼저 한 것은 나 자신 돌아보기였다. 그간 과거의 안 좋은 일은 모두 타인에게 잘못이 있다고 생각했다. 꼭 나중에 복수하겠다는 생각으로 살아왔는데, 그 생각이 잘못됐다는 것을 깨달았다. 돌아보니 내 잘못이 더 컸다. 개그맨 조직에서 견디지 못한 것도 내가 너무 개인적이어서 그랬던 것이고, 나와 친한 감독과 작가들이 날 캐스팅하지 않은 것도 내 실력이 부족해서였다. 그들 잘못이 아니었다. 그리고 그 사실을 깨달은 순간 수년간 나를 힘들게 했던 스트레스성 승모근 통증이 사라졌다. 쫓기듯 살아왔는데 나를 쫓던 그 무엇이 없어진 것처럼 말이다. 신기한 일이었다. 내 마음 편하자고 누굴 탓했던 지난날이 오히려 내게 스트레스만 줬던 것이다. 그 뒤론 누구도 탓하지 않고 모두 내 탓이라고 생각하며 산다. 이렇게 문제의 원인을 내게서 찾고 나니 좋은 점이 또 생겼다. 원인이 내가 아닌 문제에 대해서는 무척 당당해졌다.

확신이 없을 땐 기다린다

결혼 생활을 잘했더니 좋은 남편, 좋은 아빠 이미지가 생겼다. 어느 날 다국적 금융회사에서 연락이 왔다. 광고 모델 제안 건으로 미팅을 하자고 했다. '드디어 올 것이 왔구나!' 하는 마음으로 신이 나서 약속 장소로 나갔다. 그런데 자신을 부장급으로 소개한 사람의 복장이 단정하기는커녕 지저분했다. 거기다 눈빛은 불안하고 안색은 탁하고 다크서클도 심했다. 그래서인지 관상도 음흉해 보였다. 한창 관상에 빠져 공부하던 시기여서 그런 게 눈에 들어왔다. 하지만 외모로 사람을 평가할 수는 없는 법. 나는 잠자코 그분 이야기를 들었다. 곽 부장님은 내게 이런 제안을 했다. 일본에도 젊은 층을 타깃으로 하는 이 금융회사가 있는데, 이 회사를 이용하면 자산을 많이 불릴 수 있다는 내용을 광고할 거라고 했다. 그리고 일본의 광고료는 한국보다 높기 때문에 지금보다 몸값을 올려 약 2억 원의 모델료를 주겠다고 했다. 그때 한국 연예인들의 중국 러시가 이어지던 시기였다. 중국에 가면 10배 이상 몸값이 올라가기도 하던 때였다. 그런 이야기를 들은 적이 있어서 일본에서 2억 정도 받는 게 불가능한 이야기로 들리진 않았다. 하지만 좀 이상한 생각이 들었다. '나에겐 좀 과한 제안인데? 이상한데?! 굳이 왜 나한테?' 그리고 그분은 막 골드먼삭스에서 이직한 상태라서 지금 회사의 명함이 아직 없다고 했다. 그래서 골드먼삭스 시절 쓰던 명함을 주겠다고 했다.

'오, 골드먼삭스~'

명함의 이메일 주소가 눈에 확 들어왔다.

'OOO@hanmail.net'

확신이 없을 땐 기다린다

'한메일?? 골드먼삭스가 한메일을 사용하다니…. 골드먼삭스가 다음 건가? 카카오도 먹더니 드디어 골드먼삭스까지? 다음… 무서운 회사구먼….'

순간 사기라는 생각이 들었다. 그 미팅 이후 곽 부장이라는 사람에게 주기적으로 연락이 왔다. 나중에 일본 소비자에게 입증할 자료를 보여줘야 한다며 자신이 말하는 주식을 사서 자산을 늘려놓으라는 이야기도 했다. 다행히 주식에 대해 전혀 모르던 시절이라 선뜻 그렇게 하겠다고는 못 했다. 그즈음 페이스북 메신저로 지인이 내게 메시지를 보냈다. 혹시 곽 부장이라는 사람을 아느냐, 일본에서 광고를 찍게 해준다며 일본으로 불러 미팅까지 했는데 사기였다는 내용이었다. 나도 만난 것 같아 연락을 했다고 했다. 역시 확신이 없는 일은 덥석 무는 게 아니다. 나는 적당히 시간을 끌면서 받아주다가 끝내버렸다. 살면서 사기만 안 당해도 크게 휘청할 일이 없다.

완벽한 로맨틱 코미디

누구나 살면서 힘든 순간이 있다. 나 역시 여러 번 겪었다. 그렇다고 사는 게 줄곧 힘든 건 아니다. 죽겠다 싶으면 뭔가 숨통이 트이고, 늘어진다 싶으면 바짝 당겨지기도 한다. 그래서 세상살이는 신기하기도, 재밌기도 하다. 완벽한 로맨틱 코미디 장르의 드라마 같달까? 그래서인지 내게 일어나는 모든 일이 하나의 에피소드처럼 느껴진다.

예전에 KTX를 타고 지방에 내려간 적이 있다. 1호 칸에 탔는데, 그 칸에는 커다란 자동문이 달린 화장실이 있었다. 배가 아파 급하게 화장실에서 볼일을 보고 있을 때였다. 갑자기 그 큰 문이 열리는 게 아닌가! 게다가 변기와 문까지의 거리는 거의 1.5m, 문을 닫는 버튼은 저 멀리 문 옆에 있었다. 밖에서 문을 연 승객은 너무 놀라 온몸이 굳어버렸고, 나도 입술만 달싹일 뿐 아무 말도 하지 못했다. 문이라도 빨리 닫히면 좋으련만, 그 자동문은 장애인을 위해 느리게 열리고 느리게 닫혔다. 게다가 일단 열리기 시작한 문은 완전히 열리기 전까지 다시 닫히지 않았다. 그 승객은 아마도 세계 최초로 연예인이 똥 싸는 모습을 실시간으로 본 사람일 것이다. 다른 화장실 문보다 두세 배 큰 문이 활짝 열려 나는 마치 복도에서 똥 싸는 기분을 만끽할 수 있었다. 그때 그 순간이 너무나 웃겨서 셀카를 찍어두었다.

'아… 문이 열렸다….'

이건 심각한 상황이라기보다 평생 한 번 겪을까 말까 한 웃긴 에피소드 중 하나이니 말이다.

이제 끌려다니지 않는다

"사람이 사람의 흥망성쇠를 결정할 수 없다."

내가 신앙을 갖게 된 결정적 한마디였다. 아이러니하게도 믿음이 없던 내가 교회에 가게 된 이유는 드라마 제작자인 아는 형의 전도 때문이었다. 곧 드라마 촬영이 시작되는데, 내가 만약 교회에 나오면 내 출연을 생각해보겠다고 했다. 나는 교회에 간 후, 그간 살아온 방식을 후회하고 앞으로 어떻게 살아야 할지 많은 생각을 했다. 내가 실력이 있으면 당연히 쓰일 거라는 확신도 들었다.

그때 이후로 그저 누군가에게 잘 보이기 위한 비즈니스 인맥 관리를 하지 않는다. 그래서 비굴하게 살지 않게 되었다. 비굴함은 자존감에 상처를 입힌다. 비굴함을 버리니 자연스럽게 자존감이 올라갔다. 덕분에 내 역량을 키우려는 의지도 강해졌다. 아, 참고로 그 형이 진행하던 드라마는 엎어져서 끝내 촬영에 들어가지 못했다. 드라마 촬영을 못 하게 된 것이 좋았다는 것은 아니고.

엄청나게 좋은 상상은 가끔 한다

나는 재미있는 소재가 생기면 순간적으로 상상의 세계에 빠져든다. 한동안 고층 아파트에 살다가 이사갈 집을 알아보던 때였다. 유치원과 초등학교의 위치를 고려해 알아보던 중 공용 정원이 있는 빌라를 소개받아 구경하러 갔다. 그런데 처음 본 그곳의 정원이 너무 마음에 들었다. 순간 상상의 세계에 빠지고 말았다. 나는 정원에서 바비큐 그릴에 고기를 구워 웃으며 사람들과 나눠 먹고 있다. 임신한 아내는 옆에 앉아 담소를 나누고 있다. 아이들은 소시지 꼬치를 하나씩 들고 뛰어다닌다. 한쪽에는 수영장이 있다. 아담한 수영장에서 물놀이하는 아이들의 웃음소리가 끊이지 않는다. 슬슬 어둠이 찾아오고 외벽은 스크린이 된다. 모두 모닥불 앞에 모여 영화를 보는 사이 밤이 깊어간다.

나는 상상 속에서 벌써 이 집을 사버렸다. 상상이었지만 엄청 행복했다. 나는 이런 행복한 상상을 자주 한다. 돈도 안 들고 얼마나 좋은가. 그러나 유의해야 할 점은 비현실적 상상은 안 하는 게 좋다는 것이다. 현타가 크게 올 수 있으니 노력하면 실현 가능한 상상을 하고, 엄청나게 좋은 환상적인 상상은 아주 가끔 한다.

눈치 볼 일은 아예 안 한다

폴더폰을 쓸 때 고스톱 게임을 하곤 했다. 하지만 요즘 스마트폰 게임은 그래픽과 오락성, 중독성의 스케일이 다르다. 게임은 혼자 할 수 있는 최고의 취미라는 생각이 든다. 그래서 나는 게임을 하지 않는다. 한번 빠지면 헤어나기 힘들다는 것을 잘 알고 있기 때문이다. 결혼 후 뭔가에 혼자 빠져 있으면 많은 불편을 초래하게 된다. 특히 스마트폰 게임은 언제든 잠깐이라도 할 수 있어서 꼴 보기 싫은 사람이 될 확률이 아주 높다. 아내가 청소하고 있는데 소파에 누워 스마트폰 게임을 하거나, 식사 준비가 다 됐는데 방에서 게임한다고 '잠깐만!'을 외치는 남편이 되기 십상이다. 심지어 게임을 하기 위해 화장실에서 30분 이상 머무는 건 생각도 하기 싫다. 가끔 게임이 하고 싶으면 아이와 함께하거나 가족 모두 즐길 수 있는 것을 한다. 그래야 게임을 하는 동안 눈치가 안 보인다. 딸이 네댓 살 때는 '닌텐도 위' 같은 모션 게임이 같이 하기에 좋았다. 예닐곱 살부터는 꽤 수준 높은 어드벤처 게임도 가능하다. 아이와 같이 한다는 핑계로 내가 즐거워지는 일이라니! 적당히 눈치를 보면서 질 것 같으면 져주고, 괜찮을 것 같으면 이기기도 하면서 승률을 조작했다. 졌을 때 원통한 척 아주 실감 나게 연기하는 것이 중요하다. 그렇게 하면 아이의 기쁨은 더 커질 수밖에 없다. 게임을 통해 패배에 대처하는 법과 승부에서 진 상대방을 위로하는 법도 아이에게 알려준다. 일석삼조.

지나가는 말을 잡는다

술을 좋아하던 아는 형이 어느 날 갑자기 술을 끊었다고 선언했다. 갑자기 마시기 싫어졌다고 했다. 하지만 형 주변엔 여전히 술 좋아하는 지인이 가득했다. 나는 형에게 곧 주변 정리가 될 거라고 이야기했다. 예전에 아내가 임신했을 때 술을 끊어보니 주변 정리가 되더라고, 그때 내 주변 사람이 다 술친구였구나 싶었다고. 그랬더니 형은 지나가는 말로 "그건 아마 술 때문이 아니었을 거야"라고 했다. 여러 가지 의미가 담긴 말이었다. 나의 인간관계에 대한, 아니면 내 가치에 대한 이야기였을 수도 있다. 그 순간 사람을 대하는 방식에 대해 다시 한번 생각해보게 되었다. 가끔 다른 사람들에게 듣게 되는 지나가는 말이 어쩌면 상대가 나에게 진심으로 하고 싶은 말일 수도 있다. 그걸 잘 새겨 기억하고 반성하면 인간관계는 점점 좋아진다.

하기 싫은 일은 습관으로 만든다

아침에 일어날 때 그냥 일어나지 않는다. 먼저 기지개를 켜고, 한쪽 무릎을 세우고 반대쪽 다리를 세운 무릎에 걸쳐서 골반을 스트레칭하고, 누운 상태로 기립근을 올리는 운동을 한 후에 옆으로 돌아누워 밀면서 일어난다. 4년 전 디스크를 다룬 책에서 본 뒤 습관으로 만든 기상 방법이다. 그리고 책상에 앉아 글을 쓴다. 사실 이 습관은 육아를 위해 만든 것이다. 아이를 안아줘야 하니 허리가 아프면 안 되고, 아이가 깨어 있을 때는 집중이 안 되니 아이가 자는 시간에 글을 써야만 한다. 쉬운 일은 아니지만 일단 습관이 되고 나니 그다지 힘들지 않다. 그래서 자주 해야 하거나 무조건 해야 하는 하기 싫은 일은 습관으로 만들어버리곤 한다. 그랬더니 행복해지는 것도 습관이 되었다. 습관적으로 손뼉을 치고, 큰 소리로 웃고, 기분 나쁠 때 셀카를 찍는다. 이것이 습관이 되면 누구라도 행복해질 수밖에 없다.

놀 시간을 만들기 위해 촘촘하게 산다

내 블로그를 방문하는 애독자들이 가장 많이 묻는 말이 "이게 다 하루에 벌어진 일이에요?!"다. 내가 생각해도 이것저것 참 많이 한다. 블로그에 올릴 글을 매일 두 시간 넘게 써야 하고, 네 시간쯤 걸리는 칼럼도 쓰고, 틈틈이 원고 작업도 하고, 집안일에 육아, 운동, 사랑까지 하려면 진짜 시간이 없다. 그런데 이 상황에서도 할 것 다 하고, 놀고, 쉴 시간까지 만들어내고 있다. 이 정도면 초능력! 내가 이렇게 힘들게 일하는 이유는 모두 놀기 위해서다. 놀 시간도 없이 일하면 그게 의미가 있을까?

내게는 시간을 만드는 나름의 노하우가 있다. 블로그는 휴대폰으로 작업하기 때문에 휴대용 키보드를 늘 들고 다니며 짬이 날 때마다 글을 쓴다. 글을 쓰다가 머리가 안 돌아가면 바로 자리에서 일어난다. 어차피 그런 상황에서 좋은 글은 나오지 않기 때문이다. 이럴 땐 아무 생각 없이 집안일을 한다. 집안일을 하면서 몸에 열이 올라오면 근력 운동을 하고, 유산소 운동 겸 분리수거까지 한다. 가능한 한 빈 시간은 만들지 않는다. 수면 시간도 비슷하다. 잠들기 전에 쓸데없는 동작은 하지 않는다. SNS, 인터넷 쇼핑, 뒤척임도 없다. 베개에 머리를 대면 1분 안에 잠들고 만다. 하루가 너무 피곤해서 그럴 수도 있지만, 사실 어릴 때부터 아무 데서나 잘 자는 아이이긴 했다. 그래서 만성피로도 없다. 어쨌든 나는 오늘도 틈틈이 놀 시간을 만들어내기 위해 촘촘하게 산다.

아직은 대머리가 아니다

어린 시절 내 최대 고민은 대머리였다. 아버지가 대머리였기 때문이다. 아직 찾아오지 않은 미래가 겁이 났다. 게다가 성인이 된 뒤에는 직업이 연예인이라 걱정이 될 수밖에 없었다. 그나마 대머리 유전자는 한 세대를 건너뛴다거나 한 세대에서 발현될 확률이 50%라는 '카더라'를 간절히 믿으며 잠깐 안심하기도 했다. 그러나 일곱 살 많은 친형에게 대머리 조짐이 나타나자 슬슬 걱정되기 시작했다. 이제 와 고백하자면, 우리 중 누군가 대머리가 되어야 한다면 형이길 바랐다.

그러던 스물일곱 살의 어느 날, 스트레스 때문인지 'M' 자 탈모 증상이 나타나기 시작했다. '안 돼! 아직 창창한 스물일곱이란 말이야. 잘생긴 개그맨 타이틀을 놓치고 싶지 않아!' 정말, 아직, 진짜 어린 나이였다. 확실한 진단을 받기 위해 병원까지 갔다. 탈모가 맞다고 했다. 충격이 매우 컸지만, 다행히 시중엔 다양한 탈모 방지 약이 있었다. 덕분에 나는 탈모를 막을 수 있었다. 어느덧 시간이 흘러 마흔두 살인 현재, 아직도 풍성한 머리숱을 자랑하는 중이다. 머리숱을 볼 때마다 너무나 행복하다.

웃고 있어야 무표정이 무섭다

내 블로그를 구독하는 사람들은 알겠지만, 거의 모든 사진 속에서 나는 웃고 있다. 사실 평상시 텐션 자체가 높다. 둘째가 생기고 나이를 먹어서 좀 차분해졌지만, 예전엔 조증이 아닌가 하는 의심의 눈초리로 사람들이 쳐다본 적도 있다. 아무튼 아내와 아이들은 나와 있을 때 거의 웃는 모습만 본다. 내 기분이 좋은 것도 있고, 힘들어도 웃으려고 하기 때문이다. 그렇게 내 평소 모습은 사람들에게 웃는 얼굴로 각인되어 있다. 그런데 이것이 꽤 신기한 효과를 가져왔다. 늘 웃던 사람이라서 무표정만으로도 충분히 화가 났다는 것을 어필할 수 있다. 우리 집에선 내가 무표정이 되면 다들 알아서 눈치를 본다. 보통 화를 내고 목소리를 높여야 할 일도 무표정을 지으면 다 된다. 아이들과 아내에게 늘 웃어주는 것이 쉬운 일은 아니지만, 덕분에 분노할 일이 없으니 여러모로 건강에 좋다.

자백도 장점

데뷔 시절 나는 잘생긴(?) 개그맨으로 인정을 받았다. 나도 사실 그렇게 생각했다. 초미남이라고 생각했다. 그런데 배우들과 함께하는 자리에 가본 뒤에 알았다. 옥동자, 갈갈이, 오지헌이 내 주위에 있었기에 가능한 착각이었다는 것을 말이다. 그 후 바로 '그냥' 미남 정도로 내려왔다. 요즘은 미남이 많아서 더 내려와야 하는 건가 싶지만, 아무튼 잘생겼다고 생각하고 살고 있다. 게다가 피부도 깨끗해서 거울을 보고 있으면 기분이 좋아진다. 하루에 평균 최소 여덟 번(씻고, 양치하고, 머리 만지고, 옷 입고 할 때마다) 거울을 보는데, 그때마다 기분이 업된다. 그래서 하루에 최소 여덟 번은 기분이 좋다. 독자에게 솔직한 이야기를 전하고자 쓴 것이지 실제 이런 말을 하지는 않는다. 누구에게 피해를 주는 것도 아니고 내가 나를 사랑하고 멋지게 생각한다는데 누가 뭐라 하겠는가. 각자의 좋은 점을 낱낱이 찾아 자뻑에 빠져보라. 어쨌든 자뻑 이야기라서 죄송!

적절히 포기하면 풍요롭다

한국인의 특징 중에 복합유연성이라는 것이 있다고 한다. 어떤 선택을 하면 다른 쪽은 포기해야 하는데 한국인은 둘 다 할 수 있다고 생각하는 경우가 많다는 것이다. 하나를 놓아야 하나를 잘 쥘 수 있는데 말이다. 난 포기를 잘한다. 그렇다고 인내심이 없는 건 아니다. 우리는 살면서 쉽게 포기하면 안 된다고 세뇌 아닌 세뇌를 당하며 살아왔다. 하지만 때때로 포기를 잘하는 것만큼 현명한 행동도 없다. 나를 차버린 연인을 빨리 포기하니 새로운 여자친구 만드는 시간이 단축되었다. 뮤지컬 배우 포기는 내가 지금 하고 있는 일에 집중할 수 있는 계기가 되었다. 게으른 아내가 부지런해지기를 포기하니 내가 더 부지런해졌다. 회식을 포기하니 아이와 놀 시간이 많아졌다. 고집 센 나의 엄마에게 거는 기대를 어느 정도 내려놓으니 그나마 관계를 원만하게 유지할 수 있었다. 나무에 가지치기가 필요하듯이 적절한 포기는 삶을 알차고 풍요롭게 만든다.

코앞의 것을 꿈꾼다

어릴 때부터 꿈은 원대하고 창대해야 하는 것으로 배웠다. 뭔지 모르겠지만 듣는 사람이 "대단한데?"라고 할 만한 것 말이다. 그런데 살다 보니 코앞의 것을 꿈꾸는 것도 나쁘지 않다는 걸 알게 되었다. 현실적으로 조금만 노력하면 이룰 수 있는 것들을 목표로 삼고 이뤄가다 보니 난 늘 꿈을 이루는 사람이 되었다. 2020년 나의 꿈은 일곱 살 딸아이가 숙제를 스스로 할 수 있게 되는 것과 둘째가 건강하게 태어나는 것이었다. 그해 12월에 태어날 예정이던 둘째와 첫째 딸의 스스로 숙제하기 중 어떤 것이 먼저 이루어질지 모르지만 결국 다 이뤄질 거라고 믿었다. 2021년 12월 현재, 이제 리예는 스스로 자료를 찾아가며 혼자 숙제를 해낸다. 정말 모를 때만 묻는다. 둘째 로이도 건강하게 나고 자라 11개월인데 뛰어다닌다. 내 꿈은 또 이뤄졌다! 아, 아이가 둘이 되니 우리 집도 가지고 싶다. 이건 코앞의 꿈은 아닐 수 있지만 실현 가능한 꿈이라고 생각하면서….

대박 사건

딸과 내가 습관적으로 쓰는 말이 있다. 바로 '대박 사건!'
한때 인기 유행어인데, 나 때문에 딸도 이 말을 입에 달고 산다. 우리는
시도 때도 없이, 조금만 놀라운 일을 봐도 전부 대박 사건으로 만든다.
한번은 갑자기 아이가 화장실에서 소리를 질렀다.

"대박 사건! 아빠, 아빠!"

"왜, 무슨 일이야!"

"똥이 되게 길어!"

"대박 사건! 장난 아닌데? 사진 찍어두자."

똥이 대박이라고 해봐야 그냥 똥이다. 하지만 우리에겐 그것도
대박이다. 그래서 우리 가족에게는 하루에 대박 사건이 스무 번도 더
일어난다. 자는 시간을 빼면 50분에 한 번꼴로 대박 사건이 발생하니
하루 종일 웃음 포인트와 이야깃거리가 풍성하다.

"아, 대박 사건!"

이 글을 쓰고 있는 지금 오전 5시 30분, 애가 일어났다. 오늘
글쓰기는 여기까지!

누굴 위해 살지 않는다

많은 부모가 자식에게 "내가 너 때문에 산다"라는 말을 한다. 하는 사람과 듣는 사람 누구 하나 편할 수 없는 말이다. 나는 누굴 위해 살지 않는다. 가족들과 놀이동산에 가도 내가 더 신나게 놀고, 수영장에 가도 아이들보다 더 재미나게 시간을 보낸다. 일을 하는 것도 온전히 가족들 때문이 아니라 자아를 실현하고 돈을 벌기 위해서다. 아내를 엄청 사랑하고 아이들도 매우 사랑하지만 그래도 나는 나 때문에 산다. 내가 무척 힘들지만 너를 위해 힘을 짜내서 어떻게든 버텨본다는 말은 나와 전혀 맞지 않는다. 나는 언제나 내가 할 수 있는 만큼만 견뎌내고 있으니 그 누구도 내 걱정은 안 해도 된다.

자식들 마음속에 부모는 대개 '안쓰럽고 고맙고 슬픈' 존재다. 하지만 내 아이들은 나를 '즐길 줄 아는 재미있는' 존재로 인식했으면 좋겠다. 나는 충분히 인생을 즐기며 살 테니 말이다.

어쨌든 신발

루이 비통, 페라가모, 샤넬, 에르메스, 롤렉스… 딱 이 정도의 명품만 알고 있다. 그것도 이름만 알고, 대략적인 가격대도 전혀 모른다. 쉬는 시간에 이런 브랜드를 검색하면서 시세를 알아보는 것이 취미라는 친한 동생도 있다. 하지만 나는 관심이 없다. 일단 아내가 예쁜 신발을 사주면 좋다고 신기는 하는데, 그게 얼마인지 별로 안 궁금하다. 한번은 아내가 발렌시아가라는 데서 나온 신발을 사줬는데 속으로 '짝퉁인가?' 하고 생각했다. 어떤 브랜드의 제품이든 그래봤자 신발 아닌가. 그래서 그냥 편하게 신는다. 아내는 내가 어디 간다고 하면 어떤 옷을 입으라고 주문하지만, 음식을 먹으며 잘 튀고 흘리는 나는 크게 신경 쓰지 않고 입는다. 브랜드가 뭐든 옷일 뿐이니까. 이런 성향 덕에 아내 입장에서 좋은 점과 나쁜 점이 있다. 아내가 어떤 것을 사도 가격을 모른다. 궁금하지도 않으니 당연히 검색도 안 한다. 사치를 하는 사람이 아니고, 자기 수준에 맞게 잘한다고 믿고 있으니까. 그래서 아내는 편하게 산다. 이것이 장점. 단점은 내가 물건을 제대로 못 사준다. 뭘 사줘야 할지 모르니까. 최근 명품 브랜드 열풍이 불었는지 친한 동생들이 자기 아내들에게 반지, 목걸이, 백을 사주더라. 그런가 보다 했다. 그러고 보니 어딘가 비슷해 보이는 팔찌가 자주 눈에 띄었다. 못처럼 생긴 것을 팔에 감아놓은 건데, '이게 패션인가?' 싶기도 한 그것을 너도 나도 하고 있는 거다. 내가 잘 몰라서 아내에게 한 번도 명품을 사준 적이 없다. 대신 노트북, 건조기, 식기세척기 같은 것을 사주긴 했으나 그건 공용이니 선물이라고 할 수 없겠다. 브랜드를 모르니 명품 어쩌고 하는 물건으로 내가 스트레스 받는 일은 없다. 역시 모르는 게 약인가 보다.

나를 웃겨라

가끔 친구들이나 방송에서 만난 사람들이 나에게 고민을 털어놓는다. 대부분 '누구 때문에 인생이 너무 힘들다'거나 '상대가 날 행복하게 만들어주지 않는다'는 이야기다. 그럴 수 있다. 힘들 수 있다. 하지만 상대가 나를 행복하게 해주기를 바라지는 말자. 행복은 스스로 만들어야 한다.

내 블로그 이름은 '행복자가발전소'다. '행복을 자가발전할 수 있다면 얼마나 좋을까?' 하는 생각에서 지은 이름이다. 이런 생각을 하게 된 계기는 '유머' 때문이다. 유머는 언제 어떻게 쓰이는지가 상당히 중요하다. 그리고 유머는 반드시 무언가, 누군가의 희생이 있어야만 생겨난다. 대부분 이런 사실을 잘 모르지만, 조금만 생각해보면 알 수 있다. 한국 코미디계에서 최고 캐릭터로 꼽히는 영구는 쉼 없이 웃긴 행동을 한다. 본인은 진지하지만, 그런 행동으로 인해 놀림을 당하며 웃음을 자아낸다. 늘 희생을 하는 것이다. 또 최근에는 가수 비의 '깡'이라는 노래가 이슈가 됐다. 깡은 노래 자체의 힘보다 발표 후 한동안 외면받다 최근 밈(패러디되거나 변조되며 SNS에서 유행하는 문화 콘텐츠 놀이)으로 다시 주목받기까지의 흑역사가 웃음을 유발했기 때문에 인기가 높아졌다. 희생적 측면에서 본 최고 유머가 바로 자기 비하다. 타인의 희생을 강요하지 않아도 되니 말이다. 나의 우격다짐 개그도 그런 부류다.

"내 개그는 책의 마지막 페이지야! 막장이지!!! 내 개그는 아야여오요우유으야! 어이가 없지!"(역시 자기애가 대단하다!) 내가 날 행복하게 해줄 수 있으니 행복에 대한 갈망도 적어진다.

나를 웃겨라

나는 종종 셀카를 찍으며 스스로를 웃기곤 한다. 자뻑으로 기분 좋게 만들기도 하고, 웃기지 않은 일도 웃기게 만들어서 한 번 더 웃는다. 별 볼 일 없는 사건도 기쁜 일로 만들어 즐기려고 한다. 그렇게 스스로 행복해지고 나니, 주변 사람들에게도 행복이 전파됐다. 나와 관계를 맺고 있는 사람들이 행복하면 그 영향을 또 내가 받는다. 내가 서 있는 곳 주변에 꽃씨를 뿌렸더니 꽃이 자라고, 자연스럽게 꽃밭에 서 있게 되는 것이다. 나는 오늘도 스스로 행복해지는 방법을 찾고 있다.

들을 사람에게 말한다

강연을 하면서 굉장히 중요한 사실을 하나 깨달았다.

사람들은 듣고 싶은 것만 듣는다는 것이다. 그래서 들을 준비가 되어 있지 않거나 듣고 싶지 않은 이야기를 하면 말하는 사람이 아무리 노력해도 상대방이 듣지 못한다. 기억을 못 하는 건 당연하다. 예를 들어, 요즘 유행하는 간헐적 단식에 관해 이야기를 해보자. 간헐적 단식을 하려면 인슐린에 대해 알아야 하는데, 지방 저장 호르몬인 인슐린은 간에 글리코겐을 저장하고 남은 것을 지방으로 저장하는 기능을 한다. 간헐적 단식은 인슐린 분비는 줄이고 글루카곤 분비를 촉진해 살을 빼는 원리이기 때문에 저탄고지(低炭高脂) 식단을 지켜야 한다. 인슐린은 탄수화물이 몸에 들어왔을 때 가장 많이 분비되지만, 단백질에도 작용해 포도당 합성에 영향을 준다.

어떤가, 이해가 되는지…. 간헐적 단식에 관심이 있는 분들은 "아하! 그렇구나" 하겠지만 아닌 분들은 "뭐라는 거야? 지루해"라고 생각했을 것이다. 어떤 사람에겐 듣고 싶은 말이지만, 어떤 사람에겐 듣고 싶지 않은 말이다. 그러니 상대를 보고 말을 해야 한다. 말하기 적절한 때인가? 말해도 되는 주제인가? 말하는 방식은 괜찮은가? 내가 이야기를 했는데 상대가 못 알아듣거나 알아주지 않으면 무시당하는 것 같고 화가 난다. 나 자신이 화가 나지 않도록 살피면서 행동하는 것이 내가 행복해지는 비결 중 하나다.

자기애 과잉

"내가 누구게?! 나 이정수야!! 내가 지금부터 분위기를 업시켜주지. 웃기지? 웃기잖아! 내 개그는 양파야! 까도 까도 똑같아! 분위기 다운되면 다시 돌아온다!"

〈개그콘서트〉 데뷔 개그였던 '우격다짐' 레퍼토리 중 하나다. 신인이 이렇게 당당하게 할 수 있다니, 지금 봐도 참 대견한 일이다. 이어서 나온 개그는 〈개그콘서트〉 코너 중 하나인 '봉숭아학당'의 선도부였다.

"천상천하 유아독존! 어차피 혼자 사는 세상, 친구가 뭐가 필요합니까? 혼자 놀기의 진수를 보여드리지요. 시체 놀이!" (그리고 그냥 쭉 누워 있음.)

이 개그도 자기애 과잉이다. 개그맨은 자신의 개그를 직접 짜기 때문에 자아가 상당히 많이 반영된다. 그렇다. 개그만큼 과잉은 아니지만 나는 자기애가 강하다. 아무튼 자기애가 강하니 날 아끼고 사랑해준다. 다치는 걸 원하지 않으니 보호도 잘한다. 담배를 끊은 결정적인 계기도 자기애 과잉이었다. 어느 더운 여름날 운전을 하고 있는데 차 안에 담배가 없었다. 흡연자들은 운전 중 하는 흡연의 맛을 알 것이다. 차는 막히고 조수석 앞 글러브 박스까지 뒤졌고, 혹시 팔걸이에 끼여 있거나 바닥에 떨어져 있지 않나 싶어 부산하게 찾았다. 문득 그런 내 모습이 너무 처량해 보였다. 한 갑에 2000원, 한 개비에 100원. 기껏 100원짜리에 내가 쩔쩔 맨다는 말인가. 일단 그 지점에서 잽을 한 방 맞고, 집에 돌아와서 옷을 벗는데 땀내와 담배에 전 냄새가 코를 찔렀다. '말도 안 돼. 내가 얼마나 멋진 사람인데, 내 몸에서 이런 냄새가 난다고?' 그날로 담배를 끊었다. 나는 담배보다 나를 더 사랑한다.

뒷담화로 푼다

우리는 살면서 주로 사람에게 상처를 받는다. 상대를 많이 믿고 의지할수록 '당신이 그럴 줄 몰랐다'라는 생각을 한다. 그러나 나는 사람에게 큰 기대를 하지 않아 배신감이랄 게 없다. 그렇다고 내가 상처를 받지 않는 건 아니다. 예전에 방송하러 갔을 때 MC가 녹화 쉬는 시간에 근황을 물었다. 그래서 블로그에 글을 쓰고 있고, 나름 파워 블로거라고 했더니 "파워 블로거요? 못 봤는데?!"라고 하는 게 아닌가. 못 볼 수 있다. 그래도 게스트를 불러놓고 그렇게 말하면 안 되는 거라고 생각한다. 내가 개그맨이어서 그랬을 수도 있다. 만약 배우나 가수가 같은 말을 했다면 예의상 "아, 그렇구나~ 대단하세요" 하고 넘어갔을지도 모른다. 이렇게 푸념하듯 지난 이야기를 하는 것이 상처를 치유하는 나만의 방법이다. 나는 종종 뒷담화를 한다. 이번 건 책담화라고 해야겠다. 뒷담화가 나쁘다고 하지만 성인군자를 제외한 보통 사람들은 속상한 마음을 이렇게 풀곤 한다. 그리고 또 다른 나만의 치유법은 속상한 일이 있으면 웃긴 이야기로 바꿔 남 얘기하듯 상대에게 전해주는 것이다. 그러기 위해서 상대방과 일부러 친해지기도 한다. 독한 유머는 친해져야 할 수 있으니 말이다.

목표는 80%

어린 시절엔 나 자신을 하얗게 불태워야 일을 잘하는 건
줄 알았다. 죽도록 하면 안 될 것이 없다고 생각했다. 그런데 아이를
낳고(물론 아내가 낳았음) 작가와 주부 일까지 하며 살아보니 죽도록
살아서는 안 되겠다는 생각이 들었다. 집안일도 잘하면서 글도 잘
쓰고, 바깥일과 육아까지 잘하려고 하니 피곤해서 진짜로 죽을 것
같았다. 잘해야 하는 역할은 늘어나는데 내 몸은 하나이니 말이다.
그래서 뭐든 여유를 잃지 않고 해보기로 마음을 고쳐먹었다. 글은
죽도록 쓰기보다 조금씩 적당히 매일 쓰고, 집안일은 남에게 욕 먹지
않을 정도로, 육아도 아이가 흥미를 잃지 않을 정도까지만 하기로
했다. 육아의 경우 아이와 놀다가 지치거나 재미가 없어지면 잠깐
쉬는 차원에서 유튜브 시청도 쿨하게 허락한다. 딸아이 숙제를 함께
하다가 나도 지치고 아이도 힘들다고 하면 나중으로 미루기도 한다
(그러다가 다 못 해간 적도 있지만). 이제 숙제는 딸이 알아서 혼자 하는
단계가 되었다. 아무튼 이렇게 100%가 아닌 80%를 목표로 살았더니
방전되지 않고 오래 할 수 있겠다는 생각이 들었다. 나는 이게
진정으로 잘 사는 삶이라고 생각한다. 자고로 오래가는 자가 강한 법.
그래서 오늘도 다짐한다. '할 수 없는 걸 해내려고 턱걸이할 때처럼
아등바등하며 살지 말자!'

글을 쓰는 이유

부부가 교육관이나 가치관이 같기란 거의 불가능하다. 둘 다 자녀를 위해 나름대로 옳은 생각을 하고 있으니 말이다. 그래서 이를 조율하려면 시간과 에너지가 많이 든다. 한두 번 만에 끝나면 좋으련만, 사는 동안 거의 평생을 조율하며 살아야 한다(생각만 해도 피곤하다). 그러다 보면 한쪽에서 '알아서 하라'는 식으로 빠져버리게 된다. 이것이 보편적 해결책처럼 보여도 시간이 지나면 모두에게 상처가 된다. 한쪽은 상대방의 무책임함에 분노하고, 다른 한쪽은 말 못 하는 답답함에 화가 난다. 그런데 나는 이런 상황을 수월하게 해결하며 살고 있다. 방법은 매일 블로그에 글을 쓰는 것이다. 일종의 일기다. 그 안엔 웃긴 이야기가 가득하지만, 묘하게 그 속에 가치관과 교육관이 모두 들어 있다. 칼럼은 그것의 고농축 버전이라고 할 수 있다. 그리고 내 블로그의 열혈 애독자인 아내가 그 글을 읽는다. 그러면 굳이 말하지 않아도 아내가 내 생각을 알게 된다. 내 생각을 알면서도 그와 반대되는 의견을 내세울 때는 다 그만한 이유가 있으려니 싶어서 아내의 의견을 존중한다.

선택지를 만든다

결혼할 때쯤 내 인기는 거의 사라졌다. 자연스럽게 나보다 일이 많은 아내가 우리 집 가장이 되었다. 그래서 바쁜 아내를 대신해서 내가 전업주부가 되기로 했다. 그런데 화려한 연예인으로 살다가 하루아침에 전업주부가 되고 나니 점점 의기소침해지고 우울감에 빠지기 시작했다. 전업주부가 얼마나 힘든 직업인지 온몸으로 깨달았다. 집안일은 끝이 없고 육아는 내 마음대로 안 되는 데다 휴일도 따로 없다. 내 마음을 스스로 잘 추스르는 것까지도 일이었다. 엄마 생각이 많이 났다.

그렇게 지내던 어느 날, 문득 내 능력이 지하에 묻히고 있다는 생각이 들어 글을 쓰기 시작했다. 보통 개그맨들은 본인의 개그 대본을 스스로 쓴다. 그래서 재미있는 글을 쓰는 게 어렵지 않았다. 글을 써서 사람들에게 보여주었고, 호응을 얻기 시작하니 마음의 공허함이 사라지기 시작했다. 내 가치를 찾아낸 것 같은 기분이라고 해야 하나? 그렇게 꾸준히 쓰다 보니 어느새 책을 두 권이나 낸 작가가 되었다. 나처럼 전업주부로 정신없이 사는 사람들에게 세상에 나갈 준비를 늘 하고 있으라는 말을 해주고 싶다. 잠깐의 여유라도 자신을 위해 시간을 쓰라고 말이다. 삶은 선택지가 있어야 행복하다.

맹수는 일단 진정시킨다

우리 부부가 싸우지 않는 진짜 이유가 있다. 나는 어릴 때 지뢰밭 같은 가정환경에서 자랐다. 왜 말도 안 되는 타이밍에서 폭탄이 터질까 자주 생각했다. 한창 분위기가 괜찮았는데 갑자기 부부 싸움이 벌어지고, 조용히 설거지하다 폭발하고 마는…. 마치 우리 집은 액션 영화 현장 같았다. 그 덕분에 흥분한 사람을 다루는 가장 효율적인 방법을 알게 되었다.

화가 난 사람과 싸우려면 비슷한 에너지로 대응해야 한다. 그럼 누가 이길까? 화가 더 많이 난 사람이 이기게 되어 있다. 하지만 이건 감정 소모전에 불과하다. 화가 난 사람은 어차피 이야기해도 이해를 잘 못 하는데, 거기에 과도한 힘을 쏟으며 납득시키려는 것은 확실히 에너지 낭비다. 그래서 나는 이런 방법을 쓴다. 화가 난 사람을 성난 맹수로 생각하고 일단 진정시키는 데 공을 들인다. 상대가 자신이 이겼다는 생각을 할 정도로 납작 엎드린다. 그렇게 진정이 되고 방심했을 때 훅 이야기한다. 아까부터 하고 싶었던 말을 말이다. 최대한 가볍게. 그렇게 하면 내 의도도 잘 전달할 수 있고, 상대도 쉽게 납득한다. 덕분에 에너지를 아끼고, 싸움도 줄일 수 있다. 이것이야말로 진정한 승리가 아닐까.

화를 원천 봉쇄하는 법

누군가 내게 화를 내면 참기 힘들다. 내 높은 자존감이 손상되고 '감히 나에게 화를 내?'라는 생각도 든다. 그런 생각이 들면 뒤집어엎느냐고? 겁이 많아서 절대 못 한다. 싸움도 못하니 말이다. 그래서 자존감 높고 겁이 많은 내가 스스로를 보호하는 방법은 '상대방이 화를 내지 않게 잘해주기'다. 일할 때도 이런 성향이 상당히 도움이 됐다.

책 만드는 과정을 살펴보면 수정의 연속이다. 내가 생각하지 못한 부분이나 미진한 부분, 독자가 궁금할 수 있는 부분은 채워가고 필요 없거나 매끄럽지 못한 부분은 덜어낸다. 그렇게 작가와 편집자가 탁구를 치듯이 요청과 수정을 반복한다. 사실 글을 쓰는 것보다 이 과정이 더 힘들다. 이제 다 됐다 싶었는데 또 수정하라는 요청을 받으면 피곤해지고 짜증이 난다. 그렇다고 수정을 미루고 피드백을 늦게 하면 반대로 편집자가 피곤해지고 짜증이 난다. 그러면 다시 분노의 독촉을 받게 된다. 서로 불필요한 감정 소모가 일어나고 사태가 악화되는 것이다. 이런 사태를 막기 위해 나는 최대한 신속하게 수정해서 편집자가 예상한 것보다 더 빨리 피드백을 한다. 그럼 편집자가 놀라며 기뻐한다. 그렇게 나는 편집자가 화를 낼 일을 애초에 차단한다. 이 글도 수요일까지 보내달라고 했지만 화요일까지 보낼 생각이다.

내 삶이 내 메시지다

간디 옆에서 그의 말을 기록하던 작가가 간디에게 "당신의 철학을 종합한다면 어떤 말씀을 하시겠냐"고 물었단다. 그랬더니 간디는 "내 삶이 내 메시지다"라고 했다. 내 생각을 잘 대변한 말이라 공감했다. 감히 간디의 말에 빨대를 꽂은 것 같아 송구하지만, 실제로 그렇게 살려고 한다. 그렇다. 아무리 내가 이 책에 좋은 말과 생각을 담는다고 해도 내가 실제로 그렇게 살지 않는다면 진정성이 느껴지지 않고 공허할 것이다. 이렇게까지 얘기를 했으니 앞으로도 착하게 잘 살아야겠다. 아, 간디처럼 살겠다는 게 아니다. 절대로 그렇게 살 수 없다. 난 약간만 착하게 살고 싶은 인간일 뿐이니까.

기계에 맡긴다

둘째 로이가 태어나기 전, 하루 설거지 시간은 보통 40분 정도였다. 처음엔 더 걸렸는데 자꾸 하다 보니 실력이 늘어 시간이 줄었다. 그 후 로이가 태어났다. 신생아가 생기니 설거지만 한 시간 넘게 하는 날이 계속됐다. 다른 엄마들에게 물어보면 무릎보다 허리나 어깨가 아프다던데 나는 왜 무릎뼈가 아픈지 모르겠다. 키가 줄어드는 느낌이다. 내 키는 174cm, 그러잖아도 큰 편이 아니어서 1cm가 소중한데 말이다. 이러다가 120cm가 되어버릴 것 같아서 120만 원 주고 식기세척기를 사버렸다. 사실 예전에 살던 전셋집에도 빌트인 식기세척기가 있었다. 그런데 안 썼다. 기계라 신뢰도 안 가고, 초벌로 헹궈 정리해서 넣을 바엔 차라리 설거지를 하는 게 낫겠다는 생각이 들었다. 하지만 그건 바보 같은 생각이었다. 역시 '내돈내산'이 되니 꼼꼼히 살펴보고 기계도 신뢰하게 되었다. 식세기, 아니 식세느님이 우리 집에 온 뒤 나는 행복해졌다. 이젠 일주일 평균 설거지 시간이 한 시간도 안 된다. 키도 다시 크는 느낌이다.

괜히 머리 굴리지 않는다

우리는 중요한 결정을 앞두고 여러 가지 상황을 예측해본다. 이렇게 하면 이렇게 되겠지? 이렇게도 될 수 있겠다…. 그런데 인생을 가만히 돌아보니 내가 선택했던 삶이 아닌 것 같았다. 선택지가 하나밖에 없는 객관식 시험이랄까? 내겐 늘 선택지가 하나뿐이었다. 강사가 된 과정을 봐도 그렇다. 결혼을 하자 내가 유일하게 출연하던 〈사랑과 전쟁〉이 종영했다. 전업주부가 될 수밖에 없었다. 육아와 집안일을 하면서 내 재능을 살릴 수 있는 일이 뭐가 있을까 고민했다. 글쓰기뿐이었다. 글을 썼다. 출판사에서 책을 내자고 연락이 왔다. 그것도 한 곳에서만 연락이 왔다. 책을 냈다. 책을 내고 나니 강연 요청이 들어왔다. 그래서 강연을 시작했다.

이 책을 쓰는 과정을 봐도 그렇다. 2021년 초 출간 계획이었는데 일정이 밀려 초고를 쓴 후 손을 놓고 있었다. 그간 코로나19로 외부 일정이 줄어 한가해지면서 원고 수정을 하기 좋았다. 그런데 다시 책 만들기에 박차가 가해지던 때 위드 코로나로 일정이 늘어났다. 간만에 바빠지는 바람에 글 쓸 시간이 부족해졌다. 이 정도로 마무리할까 싶은 나태한 생각이 들 무렵 다시 코로나 사태가 심각해졌다. 그 덕에 지금 이 글을 쓰고 있다. 집을 사고 싶어 주식과 부동산 공부를 했는데, 모두 중도 포기했다. 블로그는 6년 동안 매일, 영어 공부는 2년 동안 매일, 간헐적 단식도 2년 동안 꾸준히 했는데 주식과 부동산은 내 성실함과 인내심도 소용없었다. 내가 고민해서 선택한 것은 내 뜻대로 되지 않았다. 이제 괜히 골치 아프게 머리 굴리지 않고, 앞에 놓인 것을 선택하며 살 생각이다. 그렇게 생각하니 마음이 편하다.

불만이면 내가 하면 된다

마흔세 살에 일과 육아를 병행하다 보니 예전보다 힘에 부친다. 그래서 주말이면 할머니 찬스를 사용해 로이를 본가에 보내곤 한다. 로이가 9개월 때쯤 어머니, 아버지와 저녁을 먹으려고 삼겹살집에 갔다. 하나둘 식사를 마칠 때쯤 로이가 입이 심심한지 찡찡대기 시작했다. 아기 떡뻥을 챙겨왔어야 했는데 가방에 없었다. 그러자 아버지께서 근처 뻥튀기집에서 뻥튀기를 사와 그중 꿀이 발려 있는 튀밥 과자를 로이에게 자연스럽게 건넸다. 로이도 익숙하게 받으려고 손을 내밀었다. 나는 놀라서 아직 꿀은 안 된다며 막았다. 하지만 자연스러운 동작을 보아 하니 로이는 이미 내가 없을 때 맛을 본 것 같았다. 그러니 집에서 먹는 담백한 떡뻥이 얼마나 맛없었겠는가. 다음부터는 먹이지 마시라고 당부하고 싶었지만 더 이상 아버지께 말은 하지 않았다. 어떤 상황이 불만이면 투덜댈 일이 아니라 그냥 내가 하면 된다. 하지만 나는 주말까지 독박 육아를 하고 싶지 않아 입을 다물었다. 로이의 빠른 성장과 내 행복을 맞바꿨다고 해야 할까? 역시 둘째는 빨리 큰다.

나 홀로 집에 있었다

결혼 생활이 아무리 행복해도 가끔 혼자 있고 싶을 때가 있다. 특히 아이를 키우기 시작하면 더욱 그렇다. 그런데 나는 그동안 혼자만의 시간이 거의 없었다. 일단 주 양육자라는 의무감에 아이들을 많은 시간 보살폈고, 아내가 친구들과 여행 가고 싶다고 하면 편하게 다녀오라고 했다. 나중에 나도 혼자 여행 가려는 의도가 있긴 했다. 그래서 아내에게 혼자 여행을 가고 싶다고 했다. 하지만 아내는 "그럼 나도 데리고 가"라며 원천 봉쇄했다. 누구와 같이 여행을 간다면 아내랑 가는 것이 재미있고 좋긴 하지만 혼자 가고 싶을 때도 있는데…. 아내가 그런 내 마음을 읽었는지 종종 아이들 데리고 처가에 가기도 한다. 그렇게 혼자 집에 이틀 정도 있으면(더 긴 것도 싫다!) 얼마나 힐링이 되는지 모른다. 뭐 대단한 걸 하는 것도 아니다. 평소처럼 블로그에 글 쓰고, 영어 공부하고, 집안일하고, 밥 먹고, 마지막에 야구 보면서 와인 한잔하는 정도인데 그게 참 좋다. 소리 없이 에너지가 충전된다.

한발 물러선다

나는 우울증과 거리가 먼 성격이다. 기본적으로 텐션이 높고, 핏속에 흐르고 있는 개그 유전자 때문에 웃고, 남을 웃기고 싶은 의욕이 자꾸 샘솟으니 또 웃는다. 그런데 이런 내게 우울증이 찾아왔다. 심지어 산후우울증. 엄마는 우울감이 없는데 아빠가 산후우울증이라니…. 처음에는 내가 느끼는 우울감이 단지 피곤해서라고 생각했다. 그런데 시간이 지나고 알았다. 우울감은 참 희한한 감정이다. 알고 있는데도 속게 되는 마술 같다.

첫째 리예가 일곱 살이 된 후 살짝 방심했더니 둘째 로이가 생겼다. 그동안 첫째를 키우며 육아 고수가 된 상태라 딱히 걱정은 없었다. 아내가 "오빠, 나 임신이야! 어떻게 키우지?" 했을 때도 겁이 나지 않았다.

"어차피 내가 키울 텐데 네가 무슨 걱정이야" 했더니 아내가 바로 수긍할 정도였다. 하지만 로이가 태어난 후 120일 정도 잠을 잘 못 자고, 햇빛도 충분히 못 보고, 자유를 박탈당하니 점점 피폐해졌다. 리예 때 겪어봐서 다 알고 있는 수순이었다. 이 순간이 넘어가고 잠을 잘 자게 되면 다시 좋아진다는 것을. 그런데 120일이 지나 아기가 잠을 잘 자도 우울감은 계속됐다. 아차! 중요한 것 하나를 놓치고 있었다. 리예를 낳았을 때 내 나이는 서른여섯이었고, 로이가 태어났을 때는 마흔두 살(12월생이라 실제로는 마흔세 살)이었다. 나이를 먹어서인지 확실히 체력이 달렸다. 그리고 리예가 커서 개인적인 업무를 비롯해 내가 할 수 있는 일이 많은 상황이었는데 그것을 다시 못 하니 심적으로 너무 힘들었다. 하지만 나는 내 입으로 "공짜로

한발 물러선다

사는 세상인데 행복하지 않을 이유가 없다"고 말하며 살아왔다.

이런 나였기에 산후우울증을 인정할 수 없었다. 내가 늘 하던 말인데 순식간에 사기꾼이 되는 것 같은 기분이 들었기 때문이다. 그래서 적극적으로 맞섰다.

'우울증은 사양하겠다!'

일단 하던 일을 줄이기로 했다. 아내가 임신했을 무렵 유튜브를 가열차게 했는데, 영상 편집에 시간이 많이 걸렸다. 한 편에 대략 일곱 시간쯤? 그래서 과감하게 접었다. 그리고 다시 운동을 시작하고, 일부러 햇빛을 보기 위해 로이를 안고 산책을 했다. 비타민도 엄청 챙겨 먹었다. 로이랑 같이 낮잠도 잤다. 그랬더니 다시 행복한 사람이 되었다.

EPILOGUE

2002년 개그맨으로 데뷔해 그해 신인상을 받았습니다.
일생에 한 번밖에 받을 수 없는 상을 받게 되니 너무 긴장해서 시상식
무대에서 이런저런 말도 안 되는 이야기만 하고 고마운 분들 이름을
언급하지 못했던 기억이 납니다. 같이 일한 작가님들과 피디님들이
무척 서운해하셨어요. 이 책의 에필로그를 쓰고 있는 지금, 그때가
떠오르네요. 앞서 이미 많은 이야기를 했으니 이 순간만큼은 시상식
무대에 선 것처럼 감사한 분들에게 마음을 전해야겠습니다.

먼저 아내에게 감사 인사를 전합니다. 제 모든 영감의 원천이고 제가 매일 행복할 수 있는 가장 큰 이유죠. 두 딸 리예와 로이에게도 고마운 마음을 보냅니다. 건강하게 잘 자라주고, 제 글이 재미있도록 에피소드를 마구 생산해주었어요. 일부러 그런 것은 아니지만요.(혹시 일부러 그런 거니?) 그리고 어머니. 일흔이 넘은 연세에도 우리 가족이 SOS를 치면 언제든 달려와 아이들을 돌봐주셨기에 이렇게 글을 쓸 수 있었습니다. 물론 아버지도 요즘 아이들 육아에 일조하고 계십니다. 고맙습니다, 아버지. 그리고 브레드 이나래 대표님, 늘 바쁘고 정신없는 분처럼 보였는데 때가 되니 뛰어난 판단력과 강한 결단력으로 불도저 같은 모습을 보여주셨습니다. 감사합니다. 예전에 기자로 일할 때 만나 이미 저를 알고 계셨던 마케터 김태정 님 덕분에 저답게 글을 써낼 수 있었고, 저보다 예쁜 책을 만들 수 있었습니다. 책 제목이 정말 저 같아요! 감사합니다. 그리고 이 책의 편집을 맡으신 최아영 님, 저처럼 육아를 하는 와중에 아이 재우고 편집하면서 저에게 글을 빨리 더 내놓으라고 닦달해주셔서 더 열심히 쓸 수 있었습니다. 그 밖에 책에 등장하는 많은 분에게 진심으로 감사의 말씀을 전합니다. 이 책이 잘되면(잘되면!) 밥 사겠습니다. 마지막으로 이 책을 사서 제 글을 읽고 계신 독자 여러분, 최고로 감사드립니다. 읽어보고 괜찮다 싶으면 선물도 해주세요. 여러분과 여러분 주변에 늘 밝은 기운이 가득하기를 바랍니다.

어이쿠, 오늘도 행복했네

초판 1쇄 발행   2022년 2월 4일

지은이   이정수

펴낸곳   브.레드
책임편집   이나래
편집   김태정, 최아영
교정교열   오미경
표지 그림   정지인
디자인   성홍연
마케팅   김태정
인쇄   (주)알래스카

출판 신고   2017년 6월 8일 제2017-000113호
주소   서울시 중구 퇴계로 41길 39 703호
전화   02-6242-9516
팩스   02-6280-9517
이메일   breadbook.info@gmail.com

ISBN 979-11-90920-19-3 13810
값 14,000원